阅读之前 没有真相

午 夜 文 库

# 关于那个人的备忘录

[日]小林泰三 著
赵滢 译

新 星 出 版 社 NEW STAR PRESS

警告！

- 你只有几十分钟的记忆，只能想起事故发生之前的事。
- 病名为顺行性遗忘症[1]。
- 要把想到的事情全部写进这个笔记本中。

---

①英文名称 *Anterograde Amnesia*。保留了遗忘症出现前学习的一般知识的记忆，对新的事实和事件的回忆严重受损。

# 1

田村二吉在一间陌生的房间中醒来，有些不知所措地四下张望了一番，房中没有其他人，只有自己。是喝断片儿了吗？他努力回忆着昨晚的事。

对了，昨晚我看到朋友在闹市区被黑社会的人纠缠，帮忙来着。当时，朋友被拽倒在地，那些人对他连踢带踹，都把他打吐了。我担心再这样下去朋友会被打死，于是想都没想便出声制止，并跑过去想把他拉起来，却当即被小混混抓住，按到了地上。

随后，朋友被两个小混混硬拽起来，那两个人固定住他的头，其他小混混发出怪鸟般的叫声，用力殴打他的脸。随着拳头击打在肉上的闷声响起，大量的鼻血喷出。见此情景，我大喊道："放开他！快叫救护车！否则警察会以杀人未遂的罪名逮捕你们！"站在我身边的小混混说了一句"你吵死了，大叔"，之后就抡起手上的金属棒，用全身的力气朝着我的额头猛砸了下来，钝器打中头部的声音在脑中嗡嗡作响。

那这里是医院？看起来不像，就是普通的房间。那是被某个熟人救了，然后安置在了这个房间吗？该不会是被黑社会的人绑架了吧？如果真是被绑架了，必须思考如何逃离。

二吉出声问了句"有人吗"，没有回应。此时他才注意到，身上的衣服不是自己的，应该是睡衣。之前穿的衣服大概不是破了，就是沾上血或泥弄脏了。床铺很干净，可怎么看都不像是医院的床铺。

房间里几乎没有家具，除了床就只有一张桌子、一个沙发和一台电视。墙壁是煞风景的白色，窗户上挂着暗色的窗帘，地上铺着木质地板，如果是医院，未免也太舒适了吧，可如果是一般家庭，家具又过少了。

二吉站起身，摸摸头部和身体，检查有没有受伤。周身没有感觉到疼的地方。拉开窗帘，强烈的阳光晃得他有些眼花，稍微适应了一会儿之后才慢慢看清窗外的风景。一排排低层建筑，看来这里不是大城市，但也不是乡下。现在所在的房子差不多是三四层高，最重要的是，他完全不认识这个地方。

回头看向枕边，那里放着一个貌似用了很久的笔记本。封面上用油性笔写着大大的叹号和一个三位数字。

这是什么？是谁忘在这里的吗？还是给我看的？

二吉犹豫了一分钟要不要看里面的内容，最终还是决定看一下。目前，房间中唯一的线索就是这个笔记本了，而且既然放在枕边，大概就是为了让他看的。即便搞错了，在这种状况之下也不会被严厉责备吧。

二吉翻开封面。

警告！

猛然出现的巨大的红色文字吓了二吉一跳，但到底只是普通的文字，不是警告音也不是警示灯，所以也没有多可怕。真正让他无法淡定的是接下来的一句话。

- 你只有几十分钟的记忆，只能想起事故发生之前的事。

什么意思？“你”是谁？是指写下这些文字的人吗？一般来说都会这么认为吧。可究竟是谁写的呢？他接着往下看。

- 病名为顺行性遗忘症。

他知道这种病，经常在电影或电视剧中出现，他还看过患上这种病的病人的纪录片。为什么这本笔记会出现在这里？下一秒，二吉便想到了答案。笔记上的内容肯定是得了这个病的人写给自己看的，因为那个人连自己得了这种病都记不住。只有几十分钟的记忆的话，日常生活会有很多不便吧，所以正确地认识到自己的状态非常重要。这本笔记肯定是因此而存在的。

可是，这么重要的笔记本为什么会在我的枕边放着？笔记本的主人没了它岂不是会不知所措？当然，前提是，这不是某人大费周章的恶作剧。

二吉的心中突然产生了一个疑问，但他很快就摇摇头，将这个想法赶了出去。应该是错觉吧。

- 要把想到的事情全部写进这个笔记本中。

这是当然的，毕竟记忆会逐渐消失，不写下来怎么行。如此说来，笔记本中应该也记录着它的主人的隐私，或许不该看下去了，可是不看的话又找不到其他线索，只能被迫继续往下看了。二吉在心中默默劝说自己。

- 通过最后一页的内容确认当前的状况。
- 提前准备好多支笔用来记录。
- 笔记前十页的内容尤为重要。

这些指示具体且简单，由此可以看出，笔记本的主人虽然患有记忆障碍类的疾病，但判断能力和逻辑能力并没有因此衰退，有基础的思考能力和这本笔记，日常生活应该不成问题。二吉如此想象着笔记本主人的形象。

- 没必要把整本笔记都看一遍，毫无意义（看了也是浪费时间）。
- 笔记本空白页数不多时要购买新的，并把前十页的内容抄到新笔记本上。
- 按顺序在封面上写下编号。

原来如此，封面上的数字是编号啊。二吉又看了一眼封面。三百八十七，已经是第三百八十七本了吗？看来笔记本的主人已经患病很长时间了。二吉想象着那个人的现状，深表同情。

- 绝对不能在笔记本中写下自己的名字。
- 绝对不能给其他人看。

哦？这是为什么？倒也不是必须在笔记本上写上名字，但万一丢了，没名字就很可能找不回来了。患有顺行性遗忘症的人并不知道自己得了这个病，或者有很大可能会周期性地忘记自己得了这个病，如果不写下名字，很难发现这是属于自己的笔记本吧。

笔记本的主人在担心什么？二吉决定稍稍调动想象力，站在那个人的立场上思考。

哦，对，不写名字很正常，因为一旦有人看到笔记中的内容，就会得知笔记本的主人记忆存在障碍，但谁也不能保证看到的人没有歹心。

打个比方，捡到笔记本的人假装熟人接近笔记本的主人，笔记本的主人因为没有记忆，所以无法分辨真伪，就算对方说他曾经答应过什么，他也无法否认。也就是说，患有顺行性遗忘症这件事万一被坏人知道，就会被利用，不仅财产不保，搞不好还可能成为罪犯的帮凶。

可不写名字的对策是把双刃剑，他也无法立即判断出这个笔记本是不是属于自己的，为此，他必须随身携带着笔记本。泡澡的时候肯定没法带，但也必须放在目之所及的地方。问题是就寝的时候，一般来说都要睡上几个小时，到了早晨就什么都忘了，自己患有顺行性遗忘症的事也忘了，在这个笔记本中做记录的事也忘了。

虽然不至于每天早晨都陷入恐慌，可短暂的混乱是一定会有的。那么，怎么做才能将混乱程度降到最低呢？放在一睁眼就能看到的地方，比如，枕边。

二吉做了个深呼吸。

还是应该验证一下这个可能性。先冷静下来仔细回忆一下，还记得昨天的事情吗？当然，昨天为了帮朋友，被黑社会的人围殴了。真的吗？这真的是昨天的记忆吗？他重新确认了一次自己的身体状况，没有明显的伤，那就要怀疑那件事是不是发生在昨天了。

他再次将目光放到笔记本上，上面写着“绝对不能在笔记中写下自己的名字”，所以，就算这本笔记的主人就是他，上面也不会写有他的名字。不过还是有方法确认这到底是不是他的。

二吉一页一页翻着，找到还没有写字的页面，写下“你只有几十分钟的记忆”几个字，与笔记本开头的那行字进行比较，字迹一样。其实从一开始他就隐约觉得这是自己的笔迹，但他硬是将这个想法排除了，因为他不愿意相信这种事情会发生在自己身上，但如果是事实，就必须承认。

当然，笔迹可以模仿，所以这上面的内容有可能是有人模仿他的笔记捏造的。可是，会有人如此大费周章地跟他开这种玩笑吗？好吧，看来自己的确患有顺行性遗忘症，先承认吧。

虽然目前来看依然存在自己搞错了，或是有人在跟自己开玩笑的可能性，但没有必要去深究，因为一个小时后，自然就会见分晓。如果自己并没有得那个病，届时便可以一笑了之。可如果是真的，就要尽快想出对策，毕竟几十分钟后记忆就会重置，必须在这个时间内保证行动的一致性。

每天早晨我都会这样得知自己的状态并为此而困惑吗？二吉翻开笔记本的第二页。

〇关于家

• 家的位置参照下面的地图。

房子所在的位置我认识，可不记得曾经去过。不过看着地图应该能找到。

• 门口没有名牌，信箱上也没有名字。

- 原因和不在笔记本上写下名字一样。
- 想知道具体的原因就看第七页。

哦？为什么不挂名牌？不在笔记本上写名字是防止被坏人利用，名牌应该没关系吧？稍后看了第七页就明白了，先继续看前面的内容吧。

- 家门钥匙应该用胶带粘在这页上，用完之后一定要再次粘好。
- 房间的平面图就在地图下方。

看起来是间公寓，三室一厅，有餐厅、厨房，还有阳台。

- 家里有电视，不过尽量不要看，会引起不必要的混乱。
- 可以看新闻和天气预报，重要的信息一定要记下来。

的确，如果是时间比较长的综艺节目，看也看不明白。新闻应该能理解，可是想到记忆会消失，就没有看的欲望了。因此，他决定把看不看电视先放一边，继续看后面的内容。

〇关于日常生活

- 现在住的地方是出现顺行性遗忘症症状后搬过来的。
- 因此，对该地完全不熟悉。
- 没有地图根本找不到。
- 即便只是到附近买东西，也必须参照地图。
- 当街道出现变化的时候，不要嫌麻烦，一定要写下来。之前有过好几次在大街上不知所措的经历了。

为什么要特意搬到一个不熟悉的地方？笔记上写具体的理由了吗？疑问一个接一个地冒了出来。在大街上不知所措的时候是怎么回家的？是街上认识我的人帮助了我吗？我是个名人吗？各种可能性在脑中闪现。

〇关于收入

- 现在没有工作，也没在找工作。
- 有保险金，不用担心生活所需的费用。
- 存折和银行卡就放在平面图上左侧房间标记的地方。用完之后一定要放回原位。
- 房租、电费、煤气费、水费、电话费、订报纸的钱都会自动从账户上扣除。
- 不能使用信用卡。
- 提前准备好足够的现金。
- 但你很不会管理金钱，所以钱包里不要放太多现金。

看来自己不穷，算是不幸中的万幸了吧。得了这种病，再是个穷鬼，就太惨了。记忆无法保留约等于无法工作，连打工都费劲。不过，为了给将来打基础，还是得打工赚钱啊。最好提前思考一下自己能打什么工，想到之后还要马上写下来，不然会忘掉。

- 现在正在医院接受治疗，医院的名字是万城目综合医院。预约看病的时间笔记本后面有记录。
- 不能把笔记本拿给医生看。

- 如果对方提出要看，就以“里面有我的个人隐私”为由明确拒绝。

医生也信不过吗？是不是有点过于谨慎了？这样的患者会让医生很头疼吧？而且一旦对他人产生疑心，就会一发不可收拾，开始怀疑身边的一切，最后的结果就是不敢接触任何人，孤独终老。

其实警惕坏人和记忆障碍没多大关系吧？记忆没有问题的正常人也会被骗。那我为什么要防着所有人？理由就在第七页吗？二吉翻到第七页。

- 真相在第八页，非常刺激，深呼吸之后再看。

他突然有一种非常不好的预感，想必自己已经看过很多次那一页了，每次都会感到强烈的不快吧。即便没有记忆，这种不舒服的感觉却会积累、储存在意识中，眼下的不安也是由此而生。

没必要现在看吧？反正看了也会忘，没必要主动去体验会令自己感到不舒服的事。但他抱有强烈的好奇心，想了解关于自己的秘密。就算真的感觉到不快，也会马上忘记，所以看看也没什么吧，咬紧牙关蹲在床上忍过那几十分钟就不记得了。二吉翻开第八页。

- 现在，你正在与杀人魔战斗。

看到这出乎意料的内容，他险些笑出声。与杀人魔战斗？这可有意思了，自己不知道杀人魔的名字和长相，就连正在与杀人魔战斗这件事，几秒前的他都不记得。这样的战斗也太不公平了吧，对自己实在不利。

怎么会这样啊？自己患有顺行性遗忘症这件事已经很难以接受了，又多了个“正在与杀人魔战斗”。看来不能再坐以待毙了。

二吉单手拿着笔记本，走出所在的房间，在其他房间里转了一圈。先确认了阳台和衣柜，然后检查了窗户和门，都锁着。应该可以确保眼下的安全。

“正在与杀人魔战斗”究竟是怎么回事？这一刻，他并没有与杀人魔面对面，那是保持一定距离与其战斗的意思吗？如果有人想杀他，那应该挺容易得手的，甚至没人比他更容易被干掉了吧？自己连是不是已经被盯上了，都不记得。那么，是说对方并没有杀了自己的意思？还是说对方尚未发觉正在战斗？那个人也患有顺行性遗忘症吗？可这样的人能成为杀人魔吗？

一行文字就让二吉产生了各种各样的疑问。

不过胡乱猜测只是浪费时间，或许还在烦恼的时候记忆就重置了，还是继续看后面的内容吧。可话说回来，记忆早晚都会重置，看与不看又有什么区别？但他依然无法抑制好奇心，决定继续看笔记本上的内容。

二吉盘腿坐在床上，重新翻开笔记本。

# 2

时间回到几天前。

云英光男站在便利店的杂志架前翻看着漫画杂志。还算有意思，但不值得花钱买，免费看还行。好，那就免费拿走吧，肚子也有点饿了，再来点零食和炸鸡块。

云英环视店内，发现有一个明显的监控摄像头，可能还有其他隐藏式的。他又偷瞄了一眼店员，深夜的便利店里只有一位年轻男店员，太轻松了。不过就算有好几个人，也不会有人敢逆他的意。他大摇大摆地走到收银台前。

店员见状询问道："有什么事吗？"

云英扶着店员的肩膀，说："店长嘱咐过你，让你关掉监控摄像头的吧。"

店员先是翻了个白眼，接着眨了眨眼，然后歪着头，好像突然想起什么似的，离开收银台朝仓库方向跑去。云英完全可以此时拿着东西离开，但他没有这么做，而是耐心地等待店员回来。要是匆忙离开，被监控录到偷东西的画面就麻烦了——虽说到时候他也有办法逃脱。

店员一脸不耐烦的样子回来了。

云英主动询问道："怎么了？怎么慌慌张张的？"

“是啊，忘了点事……”

“忘事？”

“嗯，忘记把监控关掉了。”

“把监控关掉？还真是奇怪的命令啊。”

“我也觉得很奇怪，不过是店长吩咐的。”

“店长真的这么说过？”

“是啊，我听他说了。”

云英很满足，这是他的“超能力”，碰触对方时说的话，会植入对方的记忆中。

这或许并不是什么超能力，就像催眠术一样，只是人类原本就拥有的能力得到了一定的强化，但云英决定把它看作一种超能力。具体是个怎样的能力，需要科学家研究之后才能确定，但他并不想找科学家鉴定，他拥有“超能力”这件事是个秘密。

他也不知道“超能力”是什么时候有的，小时候并不觉得这有什么特别，年幼的他称这种能力为“谎言”，一直认为说谎骗人本就是这样的。一次偶然，他才发现这种能力其实很特殊，因为其他孩子撒谎马上就会被大人看穿，他的谎言却绝对不会。这件事给他的精神发育带来了重大影响，他坚信自己受到了神的眷顾，因此在他的情感世界里，没能培养出共情和同情这类体贴他人的感情。

“给我一个塑料袋。”云英对店员说道。

“呃……”店员好像做不了主。

“只是一个袋子，无所谓吧？”

店员或许是认为没必要为了一个塑料袋和客人争执，便默默递给了他。

这种小事根本不用“超能力”。云英从架子上拿了几本杂志，又装了些零食和啤酒，说了声“再见”，便准备离开。

“啊！请等一下，您还没付钱呢。”

“我不给。”云英露出坏笑。

“我会报警的，摄像头已经清楚拍下——啊！”想起自己刚刚把摄像头关掉，店员匆忙从收银台里跳出来，抓住了打算离开的云英的手腕。

“你要干什么？抓疼我了！”云英面露怒色。

“请付款，否则我要报警了。”

“我已经给过钱了。”云英义正词严道。

店员翻了个白眼，接着眨了眨眼睛，先是看了看云英的脸，又低头看了看自己抓着对方手腕的手。

“你这是做什么？”

“啊？呃……您这样我很为难啊。”

“我干什么让你为难的事了？”

“就是……呃……嗯？”

“你这简直是对待小偷的态度啊。”

“小偷？”

“我偷东西了吗？”

“啊，不，您付过款了，没有偷东西。”

“那你为什么抓着我的手腕？”

“这个……嗯？”

“喂！你没有任何理由，就过来抓我的手腕吗？我可以告你伤人罪哦！”

店员慌忙松开手，扭动着脖子左思右想，行动和记忆之间的矛盾导致他陷入了混乱。

被云英通过“超能力”植入了记忆的人大多会出现这种状

态。他也会偶尔捏造出极其统一、堪称艺术的虚假记忆，但大多数时候还是像这次这样。他可不在乎对方的记忆是否会出现矛盾，因为陷入混乱的是被使用“超能力”的对象，又不是他自己。

店员因为云英有不正当行为而抓住了他的手腕，这个记忆依然残留在他的脑中。而云英强行植入了自己已经付过钱的虚假记忆，因此，他的不正当行为不是偷窃。但在店员的记忆中，除了偷窃，并没有其他不正当行为的记忆。如此一来，店员采取这种行动就变得不明所以了。

云英继续以生气的口吻说道：“到底什么意思啊？”

如果这时候店员要求看购物小票，他可拿不出来，不过他一点也不紧张。理由之一是他对自己的“超能力”有绝对的信心。“付过钱”这一虚假记忆已成既定事实，并深深印在了店员的脑海中，所以店员根本不会提出看小票的要求。

另一个理由是，万一对方要求出示小票，他可以再次使用“超能力”，植入“已经看过小票”的记忆，就是有点麻烦。

“您指什么？”

“你突然抓住了我的手腕啊，无缘无故的。”

“啊，对，好像是的。”

“身为一个步入社会的人，这种时候应该怎么做啊？”

店员转动着眼珠，似乎在拼命回忆着什么。

“道歉。”云英催促道。

“道歉？我吗？”汗珠从店员的脸上滑落。

“说的就是你，不然还能是谁？原本就是你的错，我有什么错啊？”

“可是……”

“怎么？你是想说我错了吗？那你倒是说说，我错在哪儿了！”

店员舔了几次嘴唇，感觉做错事的应该是云英，而不是自己，可记忆中对方一点儿错都没有。现在的情况令他非常困惑。

“对不起。”店员终于低下了头。

“你说什么？”云英分明听到了，却故意反问。

“对不起！”店员再次道歉。

云英态度蛮横地说道：“应该说‘非常抱歉’吧。”

看到店员眼神闪烁，云英嗤之以鼻。真是痛快啊，最喜欢看到别人因为记忆被搅得一团乱而陷入混乱的样子了。

“怎么样啊？我也可以直接向你们店长投诉。”

“非常抱歉。”店员最终还是放弃了，就算无法接受，也只能屈服于自己的记忆。

“还不够。”

“咦？”店员一脸诧异地抬起头。

“你可是把我当成小偷对待啊，就只是张张嘴道个歉，让我怎么原谅你？”

“您这么说，我也……”

“跪下。”

“跪下？”

“正坐，然后用额头接触地板。”

“这有点过分了吧……”

“你怎么不说你对我有多过分。不愿意的话，也可以到别的地方说理。”

“别的地方？”

“到法庭上，去法院！”

店员先是一惊，马上冷静下来。“去法院您也没有证据啊，刚才我已经把摄像头关了。”

“喂，”云英把手放在店员的肩膀上，“你刚刚不是又把摄像头打开了吗？”

店员翻了个白眼。

“啊！糟了！我把摄像头打开了，哎呀呀！”说着，脖子开始颤动。

短时间内被多次篡改记忆，偶尔就会出现这样的情况。应该是大脑无法承受修改记忆产生的负荷。继续的话真不知道会怎么样，有可能会导致对方死亡或者变成废人，有机会想试试看。

“你们店长不是说，要是再敢惹客人不高兴，就辞退你吗？”

店员又翻了个白眼。

“啊，糟了，店长要是知道，肯定会把我辞退，辞退啊！”

口水滴滴答答从他的嘴里流出来。

“你不想被炒鱿鱼吧？那你要怎么做呢？”

“我下跪。”

店员跌坐下去，额头撞击地板的声音在店内回响。

云英沉浸在优越感之中。

“好了，抬起头来吧。”

店员抬起头，额头已经红了。云英又朝着他鼻子下方飞起一脚，使得他的脖子呈九十度向后仰。

“呜巴嘎巴嘎巴啊巴！！”店员鼻子喷血，痛苦地呻吟着。

云英抓住他的头发，拽着他的脑袋往地板上撞了好几下。

“能这样就了事，你应该感觉到幸运。还需要支付精神赔偿金，把钱包拿出来。”说着，他从店员的兜里抽出钱包，把里面的钱拿出来后，又把钱包丢到地板上。

“还给……我。那是我的钱。你这个……小偷……嗯！”

云英掐住无法动弹的店员的喉咙，道："注意你的措辞，你想死吗？"

"你敢吗？摄像头拍着呢！"鼻血、眼泪和口水混合在一起，从店员的脸上淌下。

"你没有证据，不过这次我不会杀你，因为你让我玩得很开心。"

店员想把云英的手拨开。

"我要修改你的记忆喽。伤是你自己摔的，我一根手指头都没碰过你。"

店员翻了个白眼。

"哇！血！疼！好疼！疼死我啦！"他边喊边浑身是血地在地板上来回打滚。

云英问道："喂，你怎么了？"

"我不小心摔倒，撞到脸了。"

此时的店员看起来就像个醉鬼。

"哦，对了，还给我。"

"什么还给你？"

"我的钱，把钱还给我。"

"不要，这是你给我的精神赔偿。"

"不行，还给我！"店员一把抓住云英的脚腕。

云英厌烦地咂嘴，用没有被抓住的那只脚的脚尖踢中了店员的眼睛。

"啊呜啊呜啊呜。"店员的眼睛瞬间冒出鲜血，再次疼得满地打滚。"你干什么？！我要报警！"说着，他颤巍巍地从兜里掏出手机。

"原来如此。"云英用力踩向店员的脸，"你再次摔倒，撞到了眼睛，我没动过手。”

店员的身体一阵痉挛。

“钱也是你自己花光的，对了，是你在工作的时候偷跑出去花天酒地了。”

店员身体微微颤抖着，由于出血过多，地板上已是一片血海。

“啧！把我的鞋都弄脏了！”云英哼着歌离开了便利店。

# 3

警告！

- 你只有几十分钟的记忆，只能想起事故发生之前的事。
- 病名为顺行性遗忘症。
- 要把想到的事情全部写进这个笔记本中。

原来是这样，自己得了顺行性遗忘症吗？看完枕边笔记本中的内容，二吉很消沉。

这下麻烦了，不对，不是现在才开始变得麻烦，而是一直在为这件事苦恼吧。莫非我每隔几十分钟就会像这样消沉一次吗？不过醒着的时候意识是连续的，不会把所有事情都忘得一干二净，由于始终会想着自己有病，每次重置后这一点就会成为新的记忆保留下来，所以至少在清醒期间，这件事不会被忘记。可一旦睡着再醒来，就会把一切都忘光。而其他琐事因为不会一直放在心里，所以在清醒状态下也会一点一点消失。

消沉也不是办法，这样的生活也没有多不自在，或许还能过得挺幸福。先填饱肚子吧，无论是谁，吃饱之后都会多少有些幸福的感觉。

二吉来到厨房，到处都摆放着真空包装的方便食品。肯定是走着走着忘了自己要买什么，所以每次出门都会买这些回来吧。虽说吃哪个都行，可总是吃这种东西会营养失衡的，有没有别的东西可吃啊？

他决定打开冰箱看看。呃，不是普通的冰箱，只有冷冻室，根本就是个冰柜。而且还有两台。打开第一个，里面基本上已经空了，有几块用保鲜膜包起来的肉，都是一公斤左右，还有一些冷冻食品。

这是什么饮食习惯啊？简直一团糟。是对病感到绝望，自暴自弃了吗？不对，不太可能，只是无法保存记忆，而且自己也不是那种会自暴自弃的性格，眼下不是就没有自暴自弃吗。那就是因为记忆有障碍，不能顺利买到想要的东西？也不对啊，就算没有记忆，去买东西的时候也可以带上字条一类的吧。

那就是有其他理由了。算了，先吃点东西吧，饿着肚子什么都想不出来。

就在这个时候，玄关的门铃响了，房间内的可视电话显示出了来访者的样子。是一位老人，二吉不认识这张脸，对方或许认识自己，不过在直接对话前也不能确定。怎么办？二吉想假装不在家，先吃饭要紧。可转念一想，这位老人手上或许掌握着关于现在的自己的情况。当然，也有可能没有。虽然不确定，但要是放过这个难得的机会，之后有可能会后悔。即便只会后悔几十分钟。

“来了。哪位？”二吉对着可视电话的对讲口说道。

“是我，冈崎德三郎。”

从对方说“是我”来分析，应该是认识的人。

“那个，不好意思，我不认识你。”二吉决定照实说，看看对方的反应，“我的记忆有问题……”

“怎么，今天也发觉自己的病情了啊？”自称德三郎的老人露出失望的表情。

“听您的语气，您知道我得了顺行性遗忘症这件事？”

“嗯，不过既然你自己发觉了，今天我就先回去了。”

“请稍等一下。”

二吉慌忙跑到玄关处，身体似乎记得如何开锁，打开门，老人已经转身准备离开了。

“请等一下，那个……冈崎老先生。”

“啊？”老人回过头，“有事吗？”

“我还想问您呢，您找我有事吗？”

“嗯，本来有，不过今天算了。”

“这是什么意思？您这么说我就更想知道了。”

“不用往心里去，做点别的事，一个小时之后你就不记得了。”

“这话可真伤人啊。”

“我知道，不过你很快就会忘记。”

“冈崎老先生，您认识我吗？”

“叫我老德就好，你一直都是这么叫我的。”

“老德……这个称呼好像很熟悉，又好像不那么熟悉。”

“满意了吗？”老德又准备迈步离开。

“请稍等一下，我想向您咨询点事。”

“什么事？我可没太多闲工夫。”

“您不是在百忙之中特意来找我的吗？”

“是啊，不过也是因为你发觉了自己的症状，我才会变得忙碌。”

“您变得忙碌和我有关？”

“嗯，就是这个意思。”

“您要忙什么，可以告诉我吗？”

“可以，我为了寻找可以打发时间的事而忙碌，所以没工夫在这里跟你闲聊。”

这位老人不好对付啊。

“要是我没能发觉自己得了这个病，您来这里打算做什么？”

“也不是什么大事，就是打发时间，算是一种志愿者活动吧。”

“志愿者活动？”

二吉完全猜不透这位老人想表达什么。

“就是陪你聊天一类的……”

“聊天？可是，您刚刚不是说，没时间和我说话吗？”

“对，既然你已经知道自己得了什么病，就没意义了。”

“意义？您的意思是说，您来的目的是让我发现自己的症状？”

“嗯，也包含这个。”

“如果是这样的话，一句话不就能解决吗？直接告诉我‘你得了顺行性遗忘症’，或者‘看那个笔记本’一类的。”

“直接告诉你还有什么乐趣。”

“乐趣？这是什么意思？”这位老人家说的话让二吉越发糊涂了。

“没什么特别的意义，但生活需要情趣，不是吗？”

“也就是说，您不会直接告诉我？”

“对。”

“不是开门见山，而是拐弯抹角？”

“今天你变成提问者了，不过也挺有意思的。”

“平时都是您问我问题吗？”

老德点了点头。

“明知我患有顺行性遗忘症？”

老德微笑着，又点了点头。

什么意思？向无法保留记忆的人提问？我脑子里只有症状出现之前的记忆啊，而且照这个架势来看，老德应该已经问过我很多次了，他知道所有问题的答案。而我却连他曾经向我提问这件事都不记得了。那么结论只有一个，老德提问不是为了得到答案，而是为了提问而提问。可他为什么要这么做呢？老德口中的乐趣，就是指的这个吗？

“总而言之，您就是看我有记忆方面的障碍，就戏耍我，并以此为乐，是吧？”二吉为此感到愤怒。

“我不否认我的确以此为乐，但并没有戏耍你的意思。”

“这又是什么意思？”

“就是个游戏。”

“游戏？”

“我给你出题，你负责解题。”

“我同意玩这个游戏了吗？”

“没有，你能否发觉这是个游戏也是游戏的内容之一。”

“我实在听不懂您在说什么。”

“这是一个角色扮演游戏，我会给出一些剧情作为提示，由你来解谜。而开启这个设定的必要条件是，你必须发觉自己的症状。”

“好像很复杂。”

“一点也不复杂，实际参与之后，你就会发觉其实非常简单明了。”

“真是低级趣味。”

“为什么这么说？”

“我又不是游戏机。”

“我知道。”

“您每天都会来这里玩游戏对吧？”

“是的，和你一起玩。”

“我玩得并不开心吧？”

“是吗？至少在解谜的时候，你的眼睛看起来闪闪发光。”

“是您自己这么认为而已吧？”

“那你认为，什么样的生活才会让你觉得幸福？是每天通过解谜来过惊险刺激的生活幸福，还是郁郁寡欢，感叹自己不幸患上这种病，除了偶尔出门买点吃的，其他时间都关在房间里的日子幸福？”

“听您的意思，您每天来这里做游戏是为了我？还觉得自己是在日行一善？”

“这些话刚刚不是说过了吗？不过我也玩得很开心，没人规定不能做一个乐在其中的志愿者吧。”

他说的是真的吗？真的会有人这么做吗？二吉凝视着老德的脸。老德露出微笑，令他感到惊悚，仿佛从老德的眼睛深处窥见了深不见底的黑暗。

不行，不能继续和这个老人有任何瓜葛，二吉预感到自己会被卷入非常可怕的事件中，于是说道：“能请您离开吗？”

“什么？”

“请马上离开。”

“好，刚才我就说了要走。”

“今后也不要再来了。”

“这我可不能答应。”老德面带微笑，顺着公寓的走廊离开了。

二吉关上门后，直接原地蹲下，双手捂着脸。保持这个姿势十分钟左右后，他突然想起什么似的拿起笔记本。他本打算写下“小心自称老德的人”，手却停下了。老德真的是为了取乐才利用我吗？或许他说的话有道理，这个游戏真的会给我的生活增添色彩？二吉就这样看着笔记本，陷入了沉思。

很快，门铃又响了。是老德回来了吗？如果还是他，这次绝对不开门了。二吉看向可视电话的屏幕，来人看起来是一位女性。

虽然看起来是女性，但二吉没有自信，对方的脸又平又长，有点像是男人乔装改扮的。眼睛很小，就像两个窟窿，个子相当高。年龄说不好，说三十岁也行，说五十岁也行，皮肤呈土色，却泛着油光。

二吉的内心产生了一股莫名的不安。或许是受到刚刚那个老德的影响，却又不单单如此，那是出于本能的恐惧。假装不在吧，二吉下定决心。

女人没有离开，三十秒之后又按响了门铃，二吉选择无视。二十秒后门铃再次被按响，二吉再次选择了无视。

女人不断按着门铃，随着时间的流逝，按门铃的间隔也变短了。最初是二十秒，然后是十秒、五秒、两秒，最后门铃一直不停地响，响了大概十分钟。二吉无法形容这种行为给他带来的恐惧。

这个女人到底想干什么？下意识地看向可视电话的二吉被吓了一跳，只见女人把整张脸贴在门外的摄像头上，屏幕上只能模糊看到她的眼睛，她像是想通过摄像头窥视屋内的情况。当然，摄像头和猫眼、钥匙孔不同，从外面看不进来，这个女人好像并不清楚这一点。

女人的举动坚定了二吉继续假装不在家的决心。就在这时，女人突然开始“咚咚”地拍打摄像头旁边的位置。

“开门！！”女人尖叫着，“开门！我知道你在！！”以女性来说，她的嗓音有些粗犷，张开嘴时露出的所有牙齿都像犬牙一样，是尖的。

这下麻烦了，虽然和住在周围的人不熟，但要想长期住下去，有必要和左邻右舍维持良好关系。自家门前一直有个女人尖叫，会给别人留下不好的印象。

二吉咬咬牙，按下了可视电话的按钮。

“请不要再拍门了，会坏的，也请不要再大声喊叫了。”

“你果然在家。”

“对不起，刚才腾不开手。”

“别找借口了，快把门打开。”

“不好意思，门不能开，而且你是哪位啊？”

“是我啊，我可不许你说忘了我。”

这话很可疑，如果这个女人是认识的人，应该知道我记不住别人的长相。

“非常抱歉，我真的不认识你。”

“少装傻了！你是说不记得我是你的女朋友了吗？！”

女朋友？这个女人是我的女朋友？二吉决定想象一下与这个女人交往的样子，但在开始想象之前内心就产生了抵触情绪，无论如何都想象不出来。

虽然无法断言这个女人是在说谎，但如果自己真的在跟这个女人交往，相信每次约会心里都很矛盾吧。矛盾的感觉是肯定的，那么这个女人的话就相当可疑了。

“你是不是认错人了？我是田村。”

“田村？对，田村，我就是在和田村交往。”

糟糕，不应该轻易说出自己的名字的。

“田村什么？”

“啊？”

“我在问你，知不知道我的名字。”

“就是田村啊。”女人半张着嘴，发出“哈、哈”的喘息声，就像刚刚跑完步的狗。

“我不是问姓氏，而是问姓氏后面的名字。”

“你不知道自己叫什么吗？”

“当然知道。”

“那你还问？”

“我是在确认你真的认识我吗？”

“当然认识，我对你了解得很。”

“那就说出我的名字。”

“不想说！”

“啊？”

“我说，我不想说出你的名字！”

“你根本就不认识我吧？”

“认识啊。”

女人怒气冲冲地说着，还有口水从她嘴里流出。

“你连我的名字叫什么都不知道，怎么能算认识呢？哪有不知道自己恋人的名字的。”

“因为我们不一般啊。”

“不一般？什么意思？”

“准确地说，是你不一般。”

“我有什么不一般的？”

“你绝对不会把自己的名字告诉别人。”

“我？”

“对啊。”

“为什么？”

“我怎么知道！你自己的事，干吗总问我啊？”

奇怪，如果这个女人在说谎，她又为什么在本人面前说本人理应知道的事？难道她说的都是真的？不对，等一下，还有其他可能性，假设这个女人知道我患有顺行性遗忘症，很可能会利用这点欺骗我。

二吉继续追问：“你不知道我的名字，那你平时是用绰号一类的称呼我吗？”

“嗯，差不多吧。”

“什么绰号？”

“你连自己的绰号都不知道吗？”

“如果你一直在用绰号称呼我，那肯定知道我的绰号是什么吧？”

“你不会把自己的绰号告诉别人。”

“啊？！”

“啊什么啊？快开门。”

“你刚才不是说，你平时是用绰号称呼我的吗？”

“我说了吗？说了又如何？”

“那你应该知道我的绰号是什么吧？”

“就是那个啦。”

“什么？”

“不过是……措辞而已。”

“措辞？”

“对。”

女人在嘴硬。

“实际上你是怎么称呼我的？”

“就是田村啊。”

“啊？直接称呼姓氏，而且还不加任何后缀？”

“现在的男女朋友之间就是不加后缀称呼对方的。”

“就这么直呼其名？”

“直呼其名。”

“为什么这样称呼啊？”

“我会解释给你听的，你先把门打开。”

“可是，这种事不用你解释我应该也知道吧，为什么还需要你来解释？”

女人沉默了，没有回话。

二吉提出这么多问题，是想套出这个女人知不知道自己患有记忆障碍类的疾病。

沉默了一会儿之后，女人说道：“因为……你总是装作不知道，所以我只是在配合你。”

她觉得这样能说得通？

“那么，请说出你的名字。”

“为什么我要把名字告诉你？”

“我应该知道的吧，毕竟我们是男女朋友。”

“是啊，既然知道就没必要说，所以我不会说的。”

“你的话前后矛盾，你不知道我的名字，我也不知道你的名字，天底下有这样的男女朋友吗？”

“你知道我叫什么啊。”

“那你倒是说出来啊。”

女人犹豫了一下。

“嗯……夏生。”

和猜测的一样，没听过。

“这是你的名字？”

“对。”

“姓氏呢？”

“我没说过。”

“为什么？”

“没必要吧。”

“你不是直接用姓氏称呼我的吗？而且你不是说，现在的男女朋友都是用姓氏称呼对方的吗？”

“男人和女人不一样。”

简直乱七八糟。

“请你离开。”

女人的表情极其愤怒，她浑身颤抖，大喊着：“开门！！”同时开始用脚踢门。

这样的话就没办法了。

“我要报警了。”

“咦？”

“我说，我要打电话报警了。”

“不是吧，没道理啊。”

“我现在就打。”

“这么做违反恋爱规则了吧？”

“喂？是警察局吗？”二吉假装打电话。

“好吧，那我们法庭上见吧。”

女人留下这句话后转过了身，然后又回过头，露出黄牙笑着。

# 4

云英坐在咖啡馆里，看着窗外的街道。他不是在漫无目的地眺望街景，而是在寻找猎物。身上有点钱且有机可乘的人是理想目标。当然，就算没有空子可钻，他也可以使用“超能力”强行制造机会，只不过要多花点工夫。

说得极端点，从没钱的人身上也不是榨不出钱来，男人可以送去做苦力，女人可以出卖身体，或者让他们犯罪。这些都是可以做到的，但他不想把事情搞得那么复杂，捏造虚假记忆失败，导致前后产生矛盾的话，之后就需要花费很多精力去善后。所以任务越简单越好。

此时，正好有一个穿着朴素的上班族悠闲地从云英面前走过。走路悠闲证明他时间充裕，应该不会被无视。好，就决定是他了。

云英走到收银台，把手搭在店员的肩膀上，说：“我付过钱了。”

店员先是翻了个白眼，然后眨眨眼睛，低头对云英说道：“感谢您的光临。”

云英离开那家店，朝着目标人物径直走了过去。从背后用亲密的口吻与对方搭腔。

“哟，好久不见！”

男人转过头，有些讶异地看着云英的脸。这也难怪，突然有个不认识的男人跟自己打招呼，是人都会有这样的反应，但男人无法确信自己是不是真的不认识眼前这个人。当有不认识的人以亲密的口吻跟自己打招呼时，大部分人都会先怀疑自己的记忆。这个男人此时也在努力回忆云英是谁。

“你该不会把我忘了吧？”云英说着，伸出了手。

男人露出善意的笑容，也伸出了手。

云英露出得意的笑容，简直易如反掌。握住对方手的瞬间，他说道：“我是你的救命恩人。”

男人翻了个白眼，眨了眨眼睛。仅凭这一句话，信息量似乎太少了，但只要先让他确信眼前的人是自己的救命恩人，他的大脑自然会拼凑出合理的记忆。这是人类生成记忆的原理，大脑不可能把所有事情都巨细靡遗地记录下来，所以会压缩成类似关键词的核心，用以记忆。回想的时候再以核心为基础，形成拥有同一性的记忆。因此，记忆很容易交错在一起。本以为是初中时候发生的事，其实发生在高中时代；把与某个朋友之间的对话错记成与另外一个朋友谈论的内容；记错初次约会的地点，都是记忆的性质所导致的。

但过于精简的信息也会存在问题。云英说自己是对方的救命恩人，其中包含着无数的可能性。只有一个过于宽泛的关键词，在对话的过程中难免会露出破绽。因此，他决定稍稍追加一些信息。

“你当时不小心从站台上掉下去，差点就要被电车轧到，是我奋不顾身飞身跳下站台把你救上来的。应该是三年前的事了。”

男人翻了个白眼。“对，我当然记得，那个时候真是多亏了您啊。”男人的脸上瞬间挂上感谢的表情，用仰望英雄的眼神看着云英。

被人感激的感觉可真好，云英继续与对方闲聊。

“后来你过得怎么样？”

“托您的福，我挺好的。”

“这样啊，那就好。”云英笑了笑，“不过能在这种地方遇到，还真是巧啊。”

“是啊，就是说啊，我一直想登门道谢的，记得您是住在……”

云英抓着男人的手腕，说：“我当时没把名字和住址告诉你，只留下一句‘没什么，这是我该做的’就走了。”

男人翻了个白眼。“对，您当时没说。我不会打搅您的，这次能把名字和住址告诉我吗？”

“为什么想知道我的名字和住址啊？”

“当然是想带上谢礼，登门道谢了。”

“谢礼？现在给我不就行了？”

“现在？”男人一脸惊讶。

“是啊，现在。你现在忙吗？”

“是的，我还有工作，三十分钟内不赶到客户那里的话就麻烦了。”

什么嘛，看你不慌不忙的，还以为你时间很充裕呢。云英如此想着，继续道：“抱歉，让你那个客户等等吧。”

“这……有点为难啊，还是过几天再亲自登门拜访……”男人有些惴惴不安。

“我说就现在！”云英表现得很不耐烦。

听到这话，男人睁大了双眼。在“云英是救命恩人”这个捏造的记忆被植入后，大脑擅自树立起来的形象和眼前这个人的言行相去甚远，使他陷入混乱了吧，不过这些都无所谓。

"'客户'和救命恩人，哪个更重要？"

"当然是您更重要。"

"那就留下来陪我。"

"必须是现在吗？"

"什么意思？"

"我们只是偶然在这里遇到，并没有提前约好，对吗？"男人有些慌乱。

"什么？你的意思是，我在撒谎？"

"没有，我不是这个意思。可这份工作真的很重要，要是失约了，我很可能会失去工作，我还要养活家人啊。"

"我管你呢！"云英的语气毫无顾忌，"当年要不是我救了你，你哪还有什么工作、家人啊，你都死了。"

"是，您说得没错。"

"那就舍命相陪，少在这儿废话！"

"是。"男人垂头丧气地答应了。

这人的性格很坦率，如果他继续违抗自己的命令，就必须再用一次"超能力"了。虽然云英不在乎，但短时间内用太多次的话，会使对方陷入不正常的状态，要是因此引起其他人的注意就麻烦了，因此还是尽量减少使用次数比较好。

"那……您有什么事吗？"

"钱。"

"您需要钱吗？"

"我手头没钱了，又突然有急用。"

"您需要多少呢？"

“你现在身上有多少？”

“咦？”

“我是让你把钱包拿出来。”

男人明显有些犹豫。

麻烦死了，云英抓住男人的肩膀，说：“你已下定决心，只要是我的命令都会服从，甚至可以为了我去死。”

说完，男人开始翻白眼，这次不是翻了一下，而是持续翻了十秒左右，还伴有轻微的痉挛。改变记忆遇到抵抗的时候，就需要花费一定的时间。男人好像相当抗拒把钱包拿给别人，但云英才不管那么多。这时男人突然开始呕吐，呕吐物沾了一身。

云英冷眼看着这一切，

男人吐完后“哈、哈”地喘着粗气。

云英问：“吐完了？”

“啊，是的。”

“把钱包拿来。”

男人默默拿出钱包。

云英看了看，只有几张纸币。“什么嘛，才这么一点。”说着，他把纸币装进了自己的口袋。“没有银行卡吗？”

“抱歉，我不习惯把卡带在身上，都放在家里了。”

“我可没时间等你回家取，有信用卡吗？”

“有的。”

“拿出来。”

男人又吐出一些胃液，然后从车票夹子里取出信用卡。

云英四下观察了一下，发现恰好附近就有一台自动提款机。

“跟我来。”

男人脚步沉重地跟在后面。

“按能提取的最高限额取款。”

“是。”

不一会儿，男人拿着纸币走来，云英一把抢过来塞进了自己的口袋。

“嗯……不够多，再去借点消费贷款吧。”

“咦？”男人开始冒冷汗，是理智正在拼命抵抗记忆吧。

“你身上带着驾驶证吧？”

“带着。”

“很好，用那个，能借多少借多少。”

“您要这么多钱究竟是想干什么？”

“这是救命恩人的命令，不许问理由。”

男人刚从消费借贷机构走出来，云英便把成捆的钞票抢了过去。临时申请，也就能拿到这么多了。

“很好，向后转。”

“是。”

云英把手放在男人头上，说：“你不记得我的长相和声音，把今天遇到我之后到现在发生的事都忘掉。”

男人翻了一会儿白眼，身体僵直，然后突然跪倒在地。等他再站起来时，只是看了看周围，没有什么特别的反应。发现衣服上的污渍后他表现得很吃惊，接着他低头看了一眼手表，先是发出悲鸣，接着取出手机打电话。

“对不起，我好像突然晕倒了，醒来时就已经这会儿了……啊！对不起，我马上赶过去，您万万不能如此啊，那样的话我可没法儿留在公司里了。您——”

对方好像挂断了电话。男人愣了一会儿，便飞也似的跑掉了。

# 5

门上写着“北川说话技巧教室”几个大字。二吉做了个深呼吸，翻开手上的笔记本。

- 你在北川说话技巧教室上课。

也就是说，我在说话技巧教室上课？得了这种病还去学新东西？学什么都记不住啊。而且自己都没机会在人前说话，就算有，也只能在说话前看看说话技巧的书才有用。

- 在说话技巧教室上课的理由可以看第三十八页的内容，或者直接问老师。

问老师？老师认识我，可我不认识老师啊。而且和陌生人说话压力太大了，还是看笔记本吧。

“哎呀，田村先生，你来啦？”身后传来女人的声音。

二吉回头一看，不认识。

“那个，不好意思，呃……我……”二吉不知该如何回答。

“不用这么紧张，我知道你的病情。”女人微笑着继续说道，

“我是说话技巧教室的讲师，北川京子。”

女人大概三十五岁，容貌不算出众，但模样很可爱，让人联想到小鸡，或许是自己喜欢的类型。

莫非我在这里上课是因为一位女性？不会吧？再怎么说，以现在的状态谈恋爱都是非常轻率的举动，我应该不会做出这样的选择。

“已经看过来这里上课的理由了吗？”

二吉摇摇头。

“那就由我来解释。先进去吧。”

教室里有一张桌子和几把椅子，除此之外，还摆放着白板、投影仪、照相机和电脑。

“坐那张椅子吧。”

二吉依言坐下。

“田村先生来这里的契机，是在医院的候诊室听北条先生提起这间教室的事。”

“北条先生？”

“对，北条先生。”

“不好意思，或许我的问题有些奇怪，请问北条先生是谁？”

“一点也不奇怪，他是你的朋友，你们在同一家医院就诊。”

“那个人和我得了一样的病？”

“他身患宿疾，但和你得的应该不是同一种病。”

“我认识的人……见到他我会认识他吗？”

“如果笔记本中有记录他的特征的话，你应该能认出来吧。”

“可是，描写人的外表，特别是一下就抓住对方的特征，太难了。”

“那倒是。”

二吉叹了口气继续说道：“这么看来，老师算是我的朋友，您说我的命怎么这么苦啊。”

“是啊，是很苦，不过你已经开始发起挑战了。”

“挑战？”

“为了表现自己，学习新技能的挑战。”

“这是不可能的吧？”

“你应该已经发觉了，或者说是北条先生提醒你的，就算患有顺行性遗忘症，也能进步。”

“进步？不能说是进步，只是单纯的变化吧。譬如以前能做到的事现在做不到了，以前记得的事正在一点一点被遗忘。”

“不，你已经学会新的事物了。”

“新的事物？我不相信，而且我甚至意识不到自己学会了新事物。”

“田村先生，这个机器你认识吗？”京子从兜里取出一个带有液晶显示屏的装置。

“不认识。我看像是手机、照相机或音乐播放器一类的。”

“你说的这些都对，最接近正确答案的是手机。”

“不好意思，我要强调一下，这并不是说我记得它，我只是根据形状和大小推测出一个答案。”

“我并没有说你记住了它，只是确认一下你认不认识这个机器。这个位置能显示文章，看到了吗？”

液晶屏上显示着一些字，看起来像是百科全书，具体看内容，是在“程序性记忆”标题下的开头部分。

“你看看这篇文章。”京子将机器递给二吉。

“需要我读出来吗？”

“可以，也可以默读，你自己决定。”

二吉不太好意思读出声，便开始默读上面的内容。

原来如此，游泳、骑自行车都属于程序性记忆，也是无法用语言表达的记忆，这是对大脑有损伤的人进行研究后的结果吗？二吉想继续看后续内容，便伸出手指滑动屏幕。

“看，这不是做到了吗？”京子说道。

“做到了？做到什么了？”

“刚刚你不是滑动了页面吗？”

“是，可这只是我下意识的动作。”

“你不记得自己曾使用过这个机器吧？”

“不记得。”

“那你是怎么知道可以滑动页面的呢？”

“应该是出于直觉。”

“电视、电脑，其他的也行，你能想起除此之外，还有什么机器是这么用的吗？”

可以直接接触屏幕滑动的机器吗？

“不清楚，我知道 ATM 机上有触摸屏，但应该不能滑动。”

“你试着将文字放大。”

二吉放大了画面。

“你记得怎么操作吗？”

“应该不记得，可是身体好像记住了……原来如此，这就是程序性记忆吗？”

“对，没错。实际体验过的情节记忆，以及类似词典上的词语解释那样的语义记忆，都可以付诸语言。与之相对的，对动作本身的记忆，即程序性记忆，则无法用语言表达。记住这种非陈述性程序需要花费很多时间和精力，通过反复练习才行。”

二吉仿佛在黑暗之中看到了一丝微弱的亮光。

“反复练习，大概需要练多少次呢？”

“这点因人而异。你在学会骑自行车之前摔过几次？”

“嗯，我从小运动神经就不太发达，也许我的程序性记忆原本就不怎么样。”

微弱的亮光开始晃动。

“但也不是完全记不住，对吗？听北条先生说，你练习了十次左右就记住了智能手机的基本操作方式了。”

“智能手机？”

“就是这部手机。”

“可我自己没感觉啊。用这个怎么打电话啊……”

“要表述使用方法会用到语义记忆，对你来说可能有点难。像这样……”说着，京子点击一个图标。

画面发生了变化。二吉反射性地点击了新出现的图标。画面上出现了一个类似人名列表的东西。

“这是什么？”

“通讯录。”

“好神奇啊，我根本不知道怎么用这个打电话，可看到画面后，手指就不由自主地动了起来。”

“因为程序性记忆不是语言，要想通过语言回忆起来很困难，但通过感官上的刺激，也能想起来。”

“明白了。也就是说，我有新的方法去记住事物了。”

“对，你还有在笔记本上记录的模拟记忆，如今再加上程序性记忆，你正在努力回归更加普通的生活。”

“请稍等一下，现在我知道自己还有程序性记忆的能力了，但这与说话技巧教室有什么关系呢？”

“为什么这么问？”

“刚刚您不是说，程序性记忆不是可以用语言表达的记忆吗？”

“嗯，对。”

“既然如此，来说话技巧教室上课又有什么意义呢？我又记不住新讲的内容。”

京子露出微笑。

“没必要记住新讲的内容啊。”

“那我来这里做什么？”

“我不是教人说话的，而是教人说话的技巧。说什么不重要，可以是以前发生的事，也可以是现在心里所想。”京子说话时眼睛闪闪发光，就像顽皮的孩子。

“‘说话技巧’是指什么？”

“包括说话时的声音、表情、视线变化等一切行为举止。”

“原来如此，说话技巧不一定指语言信息。”

“嗯，而你认为自己能够掌握说话技巧。”

为了让二吉安心，京子轻轻点了点头。

“可我为什么突然想学习说话技巧呢？”

“你觉得正因为记忆存在障碍，沟通能力就显得尤为重要了。”

“这话是我说的？”

“是的，是你最初来这里的时候说的。”

真的吗？的确有必要具备沟通能力，但我平时都在家待着，只在买食物和生活必需品以及去医院时才外出，用得着沟通能力吗？这样的生活或许有些空虚，可我根本记不住新的事物，连生活过得是空虚还是充实也会忘记，既然如此，让生活充实起来又有多大意义呢？

二吉用不会引起对方不快的眼神注视着京子，心想，该不会是那个叫北条的人给我看了这位老师的照片，我才决定来这里学习说话技巧的吧？有可能，这样的理由可以接受。想必我每次来这里都会对眼前这位女性一见钟情吧，她非常有魅力。

这究竟是幸运呢，还是不幸？二吉再次看向京子，京子正好也在看他，想要慌忙移开视线前，他看到京子露出了微笑。这个瞬间或许还是挺幸运的吧。

“无法接受这个解释吗？”京子脸上的微笑变成了不安。

老师，请继续保持微笑。

“不，我明白了，我有种感觉，似乎也记得曾说过那样的话。”

“真的吗？”

“没有……抱歉，我只是随口一说。不过，听了您的话，我确信我的确那么说过。”

“太好了。”京子的笑容又恢复了。

“我每次都会像这样接受吗？”

“是的，每次都会。”

“每次上课都会从解释这些开始？”

“是的。”

“每次说的话都一样？”

“不完全一样。会根据当天的情况发生改变。”

“我有过不接受或生气的时候吗？”

“一次都没有，不过刚开始几次需要花费更多时间解释。”

“那几次我是怎么都不接受吗？”

“确切地说是陷入了混乱。”

“最近没再陷入混乱状态吗？”

“是的，最近没有了。”

“为什么会这样呢？是我发生了变化吗？”

“相较于田村先生的变化，或许我的变化更大一些。我已经渐渐开始习惯如何与你接触了。”

看到京子露出柔和的表情，二吉产生了被温柔包裹的错觉。

“习惯是指，已经熟悉如何应对我了吗？”

“也不能说是应对，是说话方式吧。能根据你的反应，随时调整解释的时机和顺序。”

“给您添麻烦了，真是不好意思。”

“别这么说，研究说话技巧本就是我的工作。这么说或许有些不礼貌，这样的经验真的令我受益匪浅。”

“给记不住事情的人不断地解释说明吗？这种状况一般不会发生，应该没什么用吧？”

“可以模拟与初次见面的人对话，积累经验。与人熟悉之后就没了警戒心，对话时不会紧张，和你对话却能一直保持新鲜的紧张感。在日常生活中经常会遇到需要与初次见面的人对话的情况，但想找到一个练习对象却很难。”

“原来是这样，如此说来我还有点用，那我就安心了。就是有点可惜。”

“是觉得始终都有紧张感，无法亲切交谈吗？”

“嗯，我每次都会发这种牢骚吧？”

“是的，不过没关系，每次下课后我们都会重新变成朋友。”

唉，要是真的就好了，可就算是真的，也不会有进一步的发展。二吉在心中哀叹。

# 6

“今天身上只带了这么多。”

在某宾馆的房间中，年轻女人从钱包中取出纸币递给云英。

“银行卡或者信用卡呢？”

“对不起，今天没带。’女人献媚般抬眼看着云英。

云英一把抢过纸钞数了数。啧！比想的要少。

此时二人正躺在床上，女人颇有姿色，但已经没用了。

女人依偎在云英身上，问：“我们什么时候举行婚礼啊？”

这女人叫什么来着？云英心里这么想着，嘴上答：“我不会结婚的。”

“什么？”女人有些混乱。

云英遇到这个女人不过是一小时前的事，当时女人应该正在车站附近等人，云英喜欢她的长相，便植入了自己是她未婚夫的记忆，就这样把她带来了宾馆。之后云英又追加了自己帮她垫付巨额债务，每次见面她都会还一部分钱的设定。

“可是，我们都订婚了啊……”

“什么时候的事？”

“什么？”

“我们什么时候订的婚？说说看。”

“嗯……一下子想不起来，可我们就是订婚了啊。”

“那我求婚的时候是什么样呢？”

女人皱起眉，拼命回忆。

云英并没有植入订婚这个词，所以她不可能马上想起来。这种情况一般会有三种结果，第一种，就当作彻底忘记了，用以说服自己；第二种，大脑会随意拼凑出虚假的记忆；第三种，由于前后矛盾，大脑不停运转却得不出结果，最终会导致精神崩溃。越是记忆力好、对自己的理性有自信的人，越是容易陷入第三种状态。这种人特别依赖自己的记忆，死活都要得出一个前后统一、解释得通的结论，失败后就会陷入泥潭无法自拔。而被植入的记忆哪有什么统一性，比较随便的人就会选择糊弄自己，避免精神崩溃。

“奇怪，为什么我会不记得？”

“因为根本就没有求婚这回事。”云英原本可以给她植入新的记忆，但他故意没有那么做，他想看看女人陷入混乱的痛苦样子。

“不对，应该求了。”

“为什么这么说？”

“求婚之后才会订婚啊。”

“我根本不是你的未婚夫。”

“不可能，因为……因为你不是我未婚夫的话，我不可能和你来这种地方。”

这个女人的想法还真老套，值得戏耍一下。

“我们只是玩一下。”

“不要开这种玩笑。”

“谁跟你开玩笑了，我连你的名字都不知道。”

“骗人！”

“谁骗你了。”

“我不会相信你这种谎言的。”

“那我就提醒提醒你，让你不得不相信吧。”

“你到底在说什么？”

“回答一个简单的问题，我叫什么？”

“啊？什么意思？”

“既然我是你的未婚夫，你肯定知道我的名字吧？说来听听。”

“傻不傻呀。”

“不管是傻还是呆，你说说看。”

“这么简单的问题，你叫……”女人僵住了，目光中透露出恐惧。

“怎么了？”

女人的嘴不停地一张一合。

果然是那种对别人和自己都严格要求的类型，她应该不会用“忘了”这个借口逃避。

“怎么会这样……”

“是我跟你搭讪，然后就把你带到这里来了。也有可能是你主动搭讪，不过谁主动都无所谓了。”

女人一脸欲哭无泪的表情，按着眉心。

“头好疼。”

“你就是个随便的女人。”

“绝对不是，我是个用情专一的女人！”

“你凭什么这么说？”

“我一次都没有出轨过！”

“哦？是吗？”

“所以我一点儿也不轻浮。”

“可是你跟我来宾馆了啊。”

“因为你是我的未婚夫啊。”

“你没有男朋友吗？”

“这是什么话，我可是有丈夫的人。”

“你是有夫之妇？”云英的眼睛一亮。

“怎么回事？”女人睁大了双眼。

“我还想问呢，如果你说的都是真的，那你就是我的未婚妻。可你刚刚又说自己已经嫁人了，到底是谁在欺骗谁啊？”

“肯定是……哪里搞错了。”

“哪个是错的？我是你的未婚夫是错的，还是你有丈夫是错的？”

“等一下，让我整理一下思绪。”女人开始吧嗒吧嗒地掉眼泪。

“没问题，等多久都行。”

“你是我的未婚夫，这是没错的。”

“是吗？那你是别人的老婆就是错的了？”

“我……三年前结婚了。”

“后来离婚了？”

“没有，没有离婚的理由，我们是完美夫妻，两人之间没有任何问题。”

“我看有很大问题吧，老婆光天化日和另一个男人待在宾馆里。”

“不可能，肯定是哪里搞错了。”

“没错，是你犯了错。”

“不对，不可能，我绝对不会这么不检点。”

“你刚才给我钱了对吧？”

“我以前跟你借过钱，现在还给你……”

“是你花钱买我陪你。”

“你说谎！”

“我可没有，如果我帮你还过钱，那你又是为什么而借的钱呢？”

“是因为……某种理由。”女人揉着太阳穴。

她是个相当认真的人，一般来说，此时人的大脑会拼凑出一个借钱的理由，看来这个女人是那种绝对不会借钱的类型，而且不会对自己撒谎，所以她陷在痛苦和混乱之中。

“没有理由，你没有债务，还有个体面的丈夫。”云英故意不使用超能力修改她的记忆，他想看到女人因为记忆中的矛盾而陷入混乱的样子，“来，说出来，说自己是个不检点的女人。”

女人趴在床上，双手抱头，发出呜呜的呻吟声。

脑子还不会拐弯，真的很值得戏耍。

女人突然安静下来，慢慢起身，端坐在床上，盯着云英，哈哈地笑出了声。

云英眯起眼睛看着女人，眼看着一个人渐渐神志不清，真的很治愈。

“我知道了。”女人流着眼泪，“我就觉得奇怪，原来是在做梦啊。”

哦，来这招，有强烈优越感、充满自信的人最容易有这样的反应，彻底放弃去接受不合理的现状。

“你说自己在做梦？”

“对，没错，即便是像我这么忠贞的妻子，偶尔也是会做春梦的。”

云英站在床上，用尽力气踹向女人的腹部，踹得她身体往后倒，并开始呕吐。

云英这一脚，直接把她从床上踹了下去。

女人在地板上蹲了好一会儿才勉强撑起上半身，她用嘶哑的声音问道："你干什么？！"

"疼吗？"

"当然疼！"

"你不是说自己在做梦吗，为什么还会疼？"

"啊！"女人揪扯着头发，"会觉得疼肯定是我的错觉！"

"要不要再给你一脚？"云英将右腿后撤。

"不要！"女人护住肚子。

"看，你都承认疼了，证明这根本不是梦。"

"这不可能是现实。"

"为什么？"

"我结婚了，怎么可能还有什么未婚夫。"

"结了婚还答应嫁给别的男人的女人多得是。"

"我不是那种女人！"

"你现在人都跟我在宾馆了，你就是那种女人。"

"啊啊啊啊啊！"女人表情悲痛地哭号着。

云英不会让她以做梦为借口轻松逃避的，他必须让她认识到她自己有多么下贱。其实这个女人一点儿也不下贱，下贱的是他，下贱的他现在就要摧毁这个正经的女人。念及此，云英的脸上不由得绽开了笑容。

"穿上衣服。"

"什么？"

云英命令道："我让你把衣服穿上，我已经厌倦和你上床了。"

女人抽泣着，开始穿衣服。

“穿好衣服后，去你家。”

“什么？为什么……”

“去告诉你丈夫啊，告诉他，我刚刚和他老婆干了一炮。”

“千万不要！”女人披头散发，尖声叫道。

“这是事实啊。”

“你让我干什么都行，就是不能告诉我丈夫。”

“真的干什么都行？”云英用威胁的语气问道。

不知是不是被云英的气势吓到了，女人一瞬间有些胆怯，接着闭上眼睛深呼吸。

她是在下决心吗，还是在思考解决方法？云英很清楚，只要使用“超能力”，就可以轻松操控对方，但那样就没意思了，他要在对方疯掉之前，将其逼入绝境。

“不是所有的事，犯法的事我绝对不做。”女人又说道，“我也拿不出钱。”

“就算告诉你丈夫也不行？”

“对，做不到的事就是做不到。”

她太冷静了。大部分人在这种状况之下会陷入恐慌，不管提出什么要求都会答应。

“要是让你永远做我的情妇呢？”

“那……应该不行。”

“那你能做什么？”

“像这样再约会两三次还可以。”

“听你的语气，好像是在施舍我啊？”

“对不起，但不管你怎么威胁，我都做不到更多了。”

“就算家庭破碎也无所谓？”

“那不行，但比这更过分的要求我无法答应。”

“你觉得我会顺你的意吗？”

“我为什么会被你这么可怕的人盯上？我理解不了。”

这个女人太倔强了。让人不爽，一定要让她屈服。

“好，那就开始约会吧。”

“可是你刚刚不是说，对我，已经……厌倦了吗？”

“约会又不只是上床，跟我走。”

“现在？”

“不愿意的话就直接去找你丈夫。”

“知道了。”

云英穿好衣服，带女人来到外面。不用担心会被监控拍到，他已经提前篡改了宾馆服务员的记忆，让其拆掉摄像头了。而且，不单单这家宾馆，附近建筑物中一半的监控摄像头都不能发挥作用了。不能拆的就改变位置，或是稍微调整拍摄角度，这里是云英花了几个月的时间、利用“超能力”建立的安全地带。不会被拍摄到的区域形状不规则，他已经全都记下来了，只要走对地方，就不会留下影像记录。

云英谨慎地穿过安全区域，来到大马路上，拦了一辆出租车。

见状，女人不安地问：“要去哪里？”

“怎么？担心了？动动脑子，我们是坐出租车去，万一出了什么事，也有司机可以做证，肯定不会去什么危险的地方。”

“也是，这家出租车公司还挺有名的，应该没问题。”

云英说出目的地，司机又向他确认了一遍，他再次说出同一个地址。

“客人，您知道那里是什么地方吗？”

“知道，闭上嘴，送我们过去就行了。”云英不耐烦地答道。

“到底是什么地方？”女人毫不掩饰内心的不安询问司机。

“是大山里哦。”

“大山？”女人看着云英的脸。

“对，那里的星星可漂亮了。”

司机接话道：“今天可是阴天啊。”

“晚上就会放晴，天气预报这么说的，肯定没错。”云英马上反驳。

“你想干什么？”

“没想干什么啊。”

“要是我有什么不测，司机会做证。”

“我知道，所以我什么都不会做啊。不去的话也行，直接去你家吧。”云英怒视着女人。

“客人，决定好了吗？还去吗？”

“问你呢，去还是不去？”云英询问女人的意见，是的，他要让这个女人来决定。

女人歪着头想了想，说道：“好吧，去山里吧。”

云英心满意足地对司机说：“听到了吧？快开车。”

将近一个小时后，出租车抵达目的地。

“你先下去，我来付钱。”

女人下车后，云英把手搭在司机的肩膀上，说：“你公司的领导命令你，把我们的乘车记录删掉。”

司机翻了个白眼，然后像突然想起来什么似的进行了一系列操作。

“记录删除了吗？”云英问道。

“是的。”

“那就拜拜了。”

"啊，请等一下，您还没付钱呢。"

云英再次把手搭在司机的肩膀上，说："你今天没载客，然后一时兴起，开着车跑到深山里来了。"

司机翻着白眼。趁这个空当，云英从车上下来，关上车门。很快，司机眨了眨眼，环顾四周，其间还与云英四目相接，但他没有什么特别的反应，直接开车离开了。

"你刚刚没付钱吧？"女人询问云英。

"对，那个司机欠我钱。"

"是吗？好多人欠你钱啊。"

"跟我走。"

"还是不要离公路太远比较好吧？"

"放心吧。"

女人不情愿地跟在后面。

她大概是觉得有出租车司机这个目击者，我就不敢乱来了吧，真是遗憾，司机早就把关于我们的事忘得一干二净了。

仅仅走了几十米，就看不见公路了。云英抓着女人的手腕，随便指了个方向，说："公路在那边。"

女人翻了个白眼。

应该不会有问题，这么做是以防万一，篡改过这项信息后，就算女人逃脱，她也找不到公路。云英取出绳子，绑住女人的双手。

"你要干什么？"

云英没有回答，继续手上的动作。

女人被绑在了树上，云英的举动过于突然，动作也过于流畅，以至于她都没来得及反应。

"你到底要干什么？"

"你让我很烦躁。"

“你在说什么？”

“你应该陷入混乱才对，结果却莫名地冷静。”

“我听不懂你在说什么。”

“实话告诉你吧，我说的都是假话，我欺骗了你，然后把你带到了宾馆。”

“怎么可能……不过，如果这才是真相，我就能接受了。我怎么可能乱搞男女关系。”

“就是你这种冷静的态度让我不爽！”

“你给我下药了吧，就像使用催眠术一样操控了我。”

这个女人真是难搞，通过一点点提示就基本上猜到正确答案了，就算篡改她的记忆，她也很可能会找到真相。不能让她活着。云英之前也遇到过思维敏捷的家伙，遇到这种人他都会选择把对方干掉。杀人的确伴随着风险，但远不及让难搞的家伙活下去的风险大。

云英抓起一块大小适中的石头，砸向女人的脸。

女人的牙被砸掉了，血滴滴答答地流了下来，但她的视线穿过挂在脸上的头发，用那仿佛在冒火的眼睛瞪着云英。

“你是不是觉得，你这么对我，会没事？”

“我就是这么想的啊。”

“刚才那个出租车司机知道我们在这里。”

女人朝云英吐口水，里面还夹杂着血丝。

“他已经把我们忘了。”

“你脑子有问题吧？”

“没有啊，我很清醒。”

“只有你自己这么认为吧？”

“就算是这样，也与你的命运无关。只要我还相信自己是清醒的，你的生命就会到此为止。”

“放过我吧，我什么都肯做。”

“同样的话我已经听过一遍了。”

“这次没有限制，我会把财产都给你，你可以把所有事都告诉我丈夫，让我一辈子服侍你也行！”

“你觉得我会相信你吗？不过，老实说，就算放了你，对我来说也不会有什么影响，但我已经决定要在这里杀掉你了。”

云英举起一块双手勉强能搬得动的大石头，砸在女人的脚面上。女人尖叫出声。

“你刚才不是说要一辈子做我的奴隶吗？如果你肯的话，倒是可以饶你一命。”云英在女人耳边低语道。

女人露出喜悦的表情，然后拼命点头。

云英紧接着说了一句：“你信了？骗你呢。”

女人的脸立即因绝望而扭曲。

嗯，这个表情不错。云英搬起一块更大的石头，砸向女人的头顶。在确认她彻底断气后，云英解开绳子，拖拽着尸体来到沼泽旁，丢了进去。

女人的尸体慢慢沉了下去。尸体被发现的可能性几乎为零，就算几年后被发现，尸体上留下的痕迹也已经消失了。

接着，云英将石头也丢进了沼泽。衣服上没有明显的血迹，不过保险起见，还是撕成细条烧掉比较好。做完这些后他回到公路上，拦了一辆出租车，回到市区后消除了司机的记忆。

然后他随便抓住一个看起来没什么事做的男人，对他说：“我是你的好朋友。”

男人翻了个白眼。

接着云英打招呼道：“哟。”

“哦，是你啊。”

“你叫什么来着？”

男人一脸讶异：“山田啊。”

“没问你姓什么，名字。”

“哦，博，山田博。”

“对，对，你现在住哪里？”

男人说出地址后，云英取出手机，说道：“一起拍张照片留念吧。”说罢，和男人互相搭着肩膀，按下快门。

云英一手搭着男人的肩膀，继续说道：“你今天杀了一名年轻女性。”并将杀人的具体细节都告诉了对方，不过杀人和藏尸地说得很模糊。

他不知道这个男人会不会去警察局自首，但当务之急是要准备好替罪羊。之所以没把杀人地点明确地说出来，是不想让警察在自己的痕迹尚未消失前就找到尸体。

男人翻了个白眼，突然开始害怕。

“你怎么了，山田？”

“听我说，其实我……”

“怎么了？”

“不……没什么。”男人哗哗流汗。

云英确认了一下手机中的照片，上面只有这个男人，他本人则在框外。关键时刻可以用这张照片制造目击者，只要把这张照片和那个女人的照片拿给某个人看，再植入二人曾经发生争执的记忆就行了。

他拍了拍脸色铁青、还在颤抖的男人，说：“忘了我吧。”

男人翻了个白眼。

# 7

是那个三天前，我走在车站楼梯上时，突然从身后撞我的中年人。而且当时他没有停留，也没有道歉，直接就那么跑上去了。哦，他要坐现在停在站里的那列电车啊。不过，既然你撞了我，就要接受相应的惩罚。

云英恶狠狠地瞪着男人的后背。

第二天，云英几乎同一时间来到车站，寻找中年男人的身影，看到那人和之前一样跑上楼梯。当即，他的脑中便拟订好了作战计划。

时间到了今天，在站台上发现中年男人后，云英暗自窃喜，然后从兜里拿出口罩和墨镜。这两样东西他总是随身携带，要消除所有看到了自己长相的人的记忆太麻烦了，还容易遗漏，因此，在有可能会被人目击的时候，挡住脸才是最有效的方法。

中年男人就站在黄线内侧。云英看了一眼提示板，很快就会有一趟本站不停的列车经过。此时站台上只有三个人，大部分乘客似乎都乘上了之前那辆电车，而且另两位乘客距离中年男人都超过二十米。运气太好了。原本他打算一直尾随对方，等待下手时机呢。

电车开过来了，云英从中年男人的正后方一点一点走过去，拉近二人的距离。

好，就是现在。

云英一脚踹在中年男人的后背上。男人一个趔趄摔倒在地，但并没有跌下站台，电车从他眼前飞驰而过。

“你干什么？！”男人大吼道。

失手了，不过也不是什么致命的错误。云英在男人站稳前飞奔离开。

消除男人的记忆很简单，但还有几名目击者，要消除所有人的记忆太麻烦了。不过只要出了检票口，总有应对的方法。

当云英正打算冲过检票口时，闸翼关上了。但这种情况也早在他的预料之内，只见他像滑垒的动作似的从闸翼下面穿了过去，然后右拐，跑了几十米后，进入一家位于高架桥下的咖啡馆。

店铺门上的铃铛发出当啷当啷的声音。

云英提前处理过从车站到这家店一路上的监控，因此不用担心被拍到。他环顾店内，只有老板和三位客人，人数正合适。证人太少不足以证明，太多的话就要花费很多时间植入记忆，太麻烦了。他早就调查过，这个时间店里一般就只有两三个客人。

云英先是碰着老板，在他耳边说道：“我一个小时前就来了，而且一直待在店里没离开过。”

老板翻了个白眼。接下来是那三位客人，一对情侣和一个男人。情侣正开心地聊着天，聊得忘乎所以，似乎连云英进来都没发觉。

云英靠近情侣所在的桌子，假装绊倒，碰到二人的肩膀，同时说道：“你们来店里时我就已经在了。”

二人翻了个白眼。

之所以没有像篡改老板记忆时那样说出明确的时间，是考虑到这两个人来店有可能不到一个小时，万一他们刚来了十分钟，却有一个小时前的记忆，就太不自然了。不过假设他们在店超过一个小时，又会与老板的记忆有出入。但大部分人不会在乎这点偏差，如果有人在意，直接篡改那个人的记忆就行了。是人多少都会有搞错的时候，不会说不通。

还剩最后一个人，那个男人正嘴里嘟囔着什么，在笔记本上写东西，非常专注，看起来毫无防备。但能感觉到他整个人神经紧绷，处于极度紧张的状态，这种状态下的人很难靠近。可现在时间紧迫，那个中年男人就快追过来了，唯独这个写笔记的男人的证词和别人不同的话，会很麻烦。

云英靠近那个男人，在要碰到他的瞬间，男人抬起头，二人对视。

云英感觉很不舒服，但没时间犹豫了，他说着“这里有线头”，将手伸向男人的肩膀。男人死死盯着云英的指尖。

我才不在乎你看不看呢！如此想着，云英抓住男人的肩膀，男人本能地想要躲避。

“你来这家店的时候，我就已经在了。”

男人翻了个白眼，下一秒便恢复了正常。

这么快就恢复了，记忆篡改成功了吗？要再试一次吗？

男人突然开口问：“不好意思，请问线头拿掉了吗？”

云英吓了一跳，将手拿开。“啊，没有，是我看错了。”说完他慌忙坐到距离男人较远的座位上。

哨唧哨唧哨唧。

中年男人和两名车站工作人员走了进来。

三个人啊，如果对方警惕性不高，完全可以轻松处理，就是那么多双眼睛盯着自己，不好下手。

“就是那个人！就是他想杀我！”中年男人指着云英。

虽然云英戴着口罩和墨镜，但体形和衣服都没变，肯定会被认出来。

两名站务员朝云英走来，其中一人对云英说道：“不好意思，能麻烦您跟我们走一趟吗？”

“什么事？”云英装傻。

“那位先生说您踢他。”

“所以呢？”

“要请您解释一下。”

“我要是说我不想去呢，会怎么样？”

站务员用略显强硬的语气说道：“我们会报警。”

“只是踢了一下就要报警？”

“踢人也属于暴力犯罪，更何况根据那位先生所说，您是想把他踢进电车即将驶入的轨道上，这样的话，很有可能是杀人未遂。”

“出了这样的事啊，可我并没有做过哦。”云英表现得很平静。

“一般都会这么说，不过还是请您跟我们走一趟。”

“你们以为我不知道冤枉别人是色狼的后果吗？”

“色狼？我们并没有说您是色狼啊。”

“一样一样。跟你们走的结果就是会被警察逮捕，遭到拘留不是吗？”

“的确可能发生这种情况，不过——”

“是肯定会变成那样，所以我不去。”

“这位先生说，踢他的人就是您。”

“你们认错人了。”

“那为了证明的确是我们认错了人，您也要先跟我们走一趟。”站务员不肯作罢。

“现在就可以证明啊。”

“怎么证明？”

云英询问老板：“老板，我是什么时候来店里的？”

“应该有一个小时了。”

两名站务员对视了一眼。

“喂！你不要乱说啊！”被云英踢的那个中年人提出反驳。

“我没有乱说，这位客人的确一个小时前就坐在那里了。”

“老板，这位先生是这里的熟客吗？”

“不是，我是第一次见到这位先生。”

中年男人又插嘴道：“或许他们早就认识，他为了包庇这个男人在撒谎。”

“如果是谎言，很快就会被戳穿。”站务员继续说道，“您说这位先生刚才踢了你，老板却说他一小时之前就在店里了，现在情况有分歧，我们就不能立即将这位先生带走了。”

听到站务员这么说，中年人马上催促道：“那就再问问其他人啊。”

两名站务员对视一眼，一人朝那对情侣走去。

“不好意思打搅了，请问这位先生刚才一直在店里吗？”

情侣中的男性回答道：“我们来的时候他就坐在那里了。”

“那您二位是什么时候来店里的呢？”

“半小时以前吧……嗯，大概一个小时了。”换女性答道。

听到二人的话，云英趾高气扬地说：“三比一了哦。”

“还有一个人呢！”中年男人显得很急躁，“那边那位，你是什么时候进来的？”

独自坐着的男客人正专心致志地看着笔记本。

中年男人怒吼道："说你呢！"

"什么？！"他似乎被吓了一跳，看向这边。

提问的人依旧是站务员。

"不好意思，麻烦您，知道这个男人是什么时候进店的吗？"

"非常抱歉，这我实在……"笔记本男话说到一半，突然呆呆地盯着云英看。

这个男人搞什么？云英有些心绪不宁。

站务员见状询问道："您怎么了？"

"没什么，我好像产生了错觉。"笔记本男再次开口说话。

"错觉？请问是什么意思？"

"不是什么大事。"

"那能请您回答我的问题吗？"

"问题？"

"这个男人是什么时候来店里的？"

笔记本男再次看向云英，问道："为什么问这个？"

"我们刚刚的对话您没听到吗？"

"不好意思，刚才在写东西，太专注了。"

站务员为他解释。

"这位先生说，那位先生想把他推下站台。"

云英马上反驳："都说是误会了。想把他推下站台的不是我，我一直在这家店里，没离开过。"

"也就是说，现在在向我确认不在场证明？"笔记本男询问站务员。

他在磨蹭什么？直接回答"这个人一直在"不就行了吗？

"是的。"

"刚刚，"笔记本男指着云英说，"这位先生想帮我拿掉肩膀上的线头。”

“啊？多久之前的事？”

“一两分钟之前。”

这家伙在说什么？他是不是反应迟钝啊？

“这不能作为不在场证明。您的意思是说，这位先生是一两分钟前进入这家店的吗？”

“不是，至少在我的记忆中不是。”

云英松了口气。

“请您回答我的问题，这位先生是什么时候进店的？”

“或许您会觉得奇怪，但我进这家店时他就在了。”

为什么绕这么大个圈子啊？会让站务员起疑啊！

“我不会觉得奇怪，其他人也是这么说的，没有什么好奇怪的。”

听到站务员这么说，笔记本男又说：“这样啊。那么，请不要在意我刚刚说的话。”

“那么请问您是什么时候来的呢？”

“我吗？”

“对，您。”

笔记本男似乎有些为难。

喂！你在干什么？多简单的问题！快回答啊！

“您怎么了？”站务员再次出声询问。

男人刚开口说出“其实我——”，就被咖啡店老板打断了。

“大概两个小时前。”老板继续说道，“这位先生是两个小时前来的。”

“你们都听见了，这下能为我证明了吧。”云英一脸得意。

中年男人却叫嚷着：“不对吧！刚才老板说的是一个小时前，

这个人说的是两个小时前，根本对不上啊！”

“嗯，这么说来，的确是。”老板也歪着头，表示疑惑。

糟了！设定太粗糙了吗？不过也算不上什么大漏洞。

“这位乘客，这一点没那么重要吧，记不太清哪个人具体是什么时候来的这很正常。但刚刚这几位的证词至少可以证明，这位先生在一个小时或两个小时前就在这家店里了，因此，他的不在场证明是成立的。”

“也有可能是他们串通好的。”中年男人不依不饶。

“在我们抵达这里的一分钟内吗？”

“也有可能是提前计划好的啊！”

“您认识这几位中的哪一位吗？”

“不认识……”

“假设不是激情犯罪，那么素不相识的人为何要袭击您呢？”

“不知道，可能只是随机选中我了。”

“如果您因此丧命，凶手是要背上杀人的罪名的，在没有特别强烈的动机的驱使下，拟订一个这么多人参与的计划，风险未免太高了吧？”

中年男人似乎并不接受站务员的说辞。其实只要篡改他的记忆就能解决这件事，但这里人太多了，不好下手。算了，现在这样应该也能脱身了。

“我可以走了吗？”云英准备离开。

“喂！等一下。”中年男人拦住他的去路。

“我很忙，你没权力干涉我的行为吧。”

“喂，你们要放凶手走吗？”中年男人质问站务员。

站务员答道：“现在只有您一个人说这位先生要害您啊。”

“那万一他就是要害我呢？”

“好吧。不好意思，能留下你的姓名和住址吗？”站务员询问云英。

“可以，没问题。”

这时拒绝只会引发争吵，浪费时间，不如直接告诉他们。

云英说出早就编好的名字和住址，万一日后被发现是假的，可以说当时因为太害怕，所以提供了假的姓名和住址。

接着，站务员又转向店老板。

“能留下您的姓名和住址吗？”

“好。”

只要他还在这里开店就无法逃避，由此判断，老板报出的应该是真实姓名和住址。

“您二位，可以说一下吗？”

那对情侣稍微犹豫了一下，但还是决定配合。由男方先回答，看他们流利地报出信息的样子，应该都不是假的。

“能把您的姓名和住址告诉我们吗？”最后，站务员问到笔记本男。

男人没有回答，依旧直勾勾地盯着笔记本看。

“您好，请您留一下姓名和住址。”

“不行。”男人说道。

“啊？”

“我不想把自己的名字和住址说出来。”

“没关系的，其他客人都说了。”

“那也不代表我必须告知吧。”

这人什么毛病？拘泥于这种无聊的小事，而且他的言行太奇怪了，我从没见过这样的，或许需要采取一些行动。

云英思考着接下来的计划。

找机会给站务员植入已经得知这家伙信息的记忆？名字和住址都可以随便编一个。就用我准备好的假名字和假住址中的一个吧。但必须把站务员和笔记本男引到一旁，使用“超能力”。

“我们不会滥用您的个人信息的，麻烦您了。”站务员再次请求道。

“我只是凑巧来这家店，没有义务给别人做不在场证明。”

“话虽如此……”站务员有些为难。

看来想引开笔记本男不容易，还是走为上计。

“我还有急事，就先告辞了。”云英从座位上站起来。

“等一下！不许逃！还没问完所有人的姓名和住址呢！”中年男人不肯放他走。

“不肯提供信息的是那位先生，又不是我。”云英说完询问站务员，“我可以走了吧，站务员先生？”

时间长了他们可能会怀疑我的名字和住址，不能继续留在这里了。

“是的，我们没理由限制您。”

“喂！”中年男人想抓住云英的衣服前襟，但被站务员制止了。

云英从二人中间穿了过去，逃离了咖啡馆。

# 8

二吉正在专心阅读笔记本上的内容。今早起床后，他得知自己患有顺行性遗忘症。从早晨到现在，这件事一直在他的脑海中盘旋，所以他还记得。但这期间发生的其他事，大部分他都忘了，今天之前的事更是一点记忆都没有。所以对他来说，唯一可依靠的就是这个笔记本。上面只记录着重要信息，但要想从头读到尾，必须全神贯注。不过自己很快就会忘记，可以说就是在做无用功。即便如此，一旦开始阅读上面的内容，二吉就停不下来了，为了找到打开僵局的方法，他拼命看下去。

原来如此，我搬了家，经常要去医院看病，还在说话技巧教室上课。说话技巧教室？我为什么要做这么麻烦的事？应该尽量避免外出啊，万一外出的时候笔记本丢了可就麻烦了。我看了多久了？感觉有点累。

二吉喝了一口面前的可乐。这里是什么地方？看起来像是一家咖啡馆，但从来没来过，这使他有些慌乱。

不过不用急躁，从周围的环境可以看出，没发生什么。先冷静下来，分析一下现状，应该能搞清楚到底发生了什么。如果是出于什么理由才进入这家店的，那么笔记本上肯定会有记录。

二吉翻开笔记本写有内容的最后一页。

- 从说话技巧教室回家的路上有些不舒服，进入这家咖啡馆。
- 咖啡馆的位置标在地图上。

打开地图那页，上面贴着附近地图的复印件，标着“现在休息的咖啡馆”。

这样啊，我不舒服了？没觉得不舒服啊，那是已经好了吗？既然进入这家店的记忆已经消失了，说明过去好几十分钟了。好了也很正常。回家吧。

- 到家后把地图上的“现在休息的咖啡馆”擦掉。

否则下次会误以为这里是当下所处的地方。对了，现在是夏天，不舒服或许是因为中暑，看来有必要预防一下……

这时二吉感觉到一阵奇怪的气息，他抬起头，与一名陌生男人四目相接。他不认识对方，但对方或许认识他。

该打招呼吗？

“这里有线头。”男人伸出手。

二吉盯着男人的手指尖。

咦？刚刚发生了什么？好像突然很困，一瞬间失去了意识。这也是顺行性遗忘症的症状之一吗？还是自己的错觉？

眼前站着一个男人，手搭在自己的肩膀上，表情有些诧异地看着自己。

我真的失去意识了？这个人看到之后吓到了？还是确认一下吧。

“不好意思，请问线头拿掉了吗？”

男人似乎受到了惊吓，把手从二吉肩膀上拿开。“啊，没有，是我看错了。”

发生了什么奇怪的事吗？

男人坐到了距离自己比较远的位置。

哔唧哔唧哔唧。

三个人进入店内，一名中年男性，两名车站工作人员。

“就是那个人！就是他想杀我！”中年男人指着坐在远处的一位客人说道。他指的正是刚刚碰触了二吉肩膀的人。

两名站务员走到男人身边，其中一人说道：“不好意思，能麻烦您跟我们走一趟吗？”

男人问：“什么事？”

“那位先生说您踢他。”

“所以呢？”

“要请您解释一下。”

“我要是说我不想去呢，会怎么样？”

站务员用略显强硬的语气说道：“我们会报警。”

“只是踢了一下就要报警？”

“踢人也属于暴力犯罪，更何况根据那位先生所说，您是想把他踢进电车即将驶入的轨道上，这样的话，很有可能是杀人未遂。”

看来是有什么争执，两名上班族在车站站台发生了纠纷吗？这也是常有的事。

二吉觉得之前碰触他肩膀的那个男人是个有些缺乏常识的人，因为一般人不会想着去拿掉陌生人肩膀上的线头，由此可见，应该是被误会了吧。不管真相如何，自己都帮不上忙，于是他不再理会店内的骚动，重新埋头阅读笔记。

他们之间的纠纷将咖啡馆老板和其他客人都牵扯了进去，但二吉依然没有理会。

等骚动平息，就立即起身回家吧。

“说你呢！”中年男人怒吼道。二吉觉得貌似是在朝自己怒吼。

“什么？！”二吉吓了一跳，看向众人。

“不好意思，麻烦您，知道这个男人是什么时候进店的吗？”

啊——直接告诉他们，我什么忙都帮不上吧。

“非常抱歉，这我实在……”

怎么可能！

二吉想起来，他进入这家店时，刚刚碰过自己肩膀的那个男人就已经在店里了。可是，为什么会记得？自己都没有进入这家店的记忆啊。他的大脑在努力，想制造出合理的情节。

是某个突发状况，单单让这段记忆复活了吗？可为什么会这样？如果以前发生过类似的情况，自己肯定会写在笔记本上很显眼的位置，而实际上并没有。

站务员开口问道：“您怎么了？”

二吉决定，不把患有顺行性遗忘症这件事说出来。如今发生了怪事，在搞清楚之前，还是不要把自己的状况公开比较好。

“没什么，我好像产生了错觉。”

“错觉？请问是什么意思？”

“不是什么大事。”

“那能请您回答我的问题吗？”

“问题？”

“这个男人是什么时候来店里的？”

是问那个碰触过自己肩膀的奇怪男人。二吉再次看向他，却依然什么都想不起来，只记得在自己进入这家店的时候，那个男人已经在了。唯独这段记忆异常鲜明。

“为什么问这个？”

“我们刚刚的对话您没听到吗？”

“不好意思，刚才在写东西，太专注了。”

“这位先生说，那位先生想把他推下站台。”

那个奇怪的男人马上反驳：“都说是误会了。想把他推下站台的不是我，我一直在这家店里，没离开过。”

二吉追问：“也就是说，现在在向我确认不在场证明？”

“是的。”

而我唯独保留着可以给这个男人做证的记忆，其他事都忘得一干二净，为什么？为什么会发生这么巧的意外？太奇怪了，无法理解。要按照记忆作答吗？感觉那么做就会落入什么陷阱。总之，先把可以肯定的记忆说出来吧，把那段蹊跷的奇妙记忆放一边。

二吉开口回答：“刚刚，这位先生想帮我拿掉肩膀上的线头。”

“啊？多久之前的事？”

“一两分钟之前。”

我怎么会给出这么白痴的答案！“一两分钟之前”根本称不上不在场证明。

“这不能作为不在场证明。”

嗯，我也觉得。

“您的意思是说，这位先生是一两分钟前进入这家店的吗？”

“不是，至少在我的记忆中不是。”

又给出了白痴答案。

“请您回答我的问题，这位先生是什么时候进店的？”

“或许您会觉得奇怪，但我进这家店时他就在了。”

会觉得奇怪的只有我自己吧。

“我不会觉得奇怪，其他人也是这么说的，没有什么好奇怪的。”

“这样啊。那么，请不要在意我刚刚说的话。”

如果可能的话，希望关于这个男人的不在场证明的话题能就此结束，我只想离开这里，不想牵扯进麻烦的事件中。

“那么请问您是什么时候来的呢？”

“我吗？”

“对，您。”

可以简单地回答“不记得”，但要是这么回答，很可能就要向他们坦白自己患有顺行性遗忘症这件事。我会将自己说过的话忘掉，但这些人会记住我的言行。他们都会知道我患有顺行性遗忘症，而我却会忘记“已经被人知道了”这条重要信息。

二吉不知该如何作答。

“您怎么了？”站务员再次出声询问。

事已至此，没办法了。“其实我——”

“大概两个小时前。”老板抢先替二吉作答，“这位先生是两个小时前来的。”

这样啊，我都在这里待了两个小时了啊。

“你们都听见了，这下能为我证明了吧。”奇怪的男人很开心。

中年男人却叫嚷着：“不对吧！刚才老板说的是一个小时前，这个人说的是两个小时前，根本对不上啊！”

“嗯，这么说来，的确是。”老板也歪着头，表示疑惑。

站务员开腔道：“这位乘客，这一点没那么重要吧，记不太清哪个人具体是什么时候来的这很正常。但刚刚这几位的证词至少可以证明，这位先生在一个小时或两个小时前就在这家店里了，因此，他的不在场证明是成立的。”

“也有可能是他们串通好的。”中年男人怒视着那个奇怪的男人。

“在我们抵达这里的一分钟内吗？”

“也有可能是提前计划好的啊！”

“您认识这几位中的哪一位吗？”

“不认识……”

“假设不是激情犯罪，那么素不相识的人为何要袭击您呢？”

“不知道，可能只是随机选中我了。”

“如果您因此丧命，凶手是要背上杀人的罪名的，在没有特别强烈的动机的驱使下，拟订一个这么多人参与的计划，风险未免太高了吧？”

中年男人似乎并不接受站务员的分析。二吉也无法接受发生在自己身上的事。

“我可以走了吗？”奇怪男人准备离开。

“喂！等一下。”中年男人拦住他的去路。

“我很忙，你没权利干涉我的行为吧。”

中年男人质问站务员：“喂，你们要放凶手走吗？”

“现在只有您一个人说这位先生要害您啊。”站务员好像相当混乱。

“那万一他就是要害我呢？”

“好吧。不好意思，能留下你的姓名和住址吗？”站务员询问那个奇怪的男人。

“可以，没问题。我叫常村胜雄，住在……”奇怪的男人对答如流。

二吉偷偷记了下来。

接着，站务员又问了老板和其他客人的姓名和住址。

“能留下您的姓名和住址吗？”

“好。”老板说出自己的信息。

“您二位，可以说一下吗？”

那对情侣稍微犹豫了一下，但还是决定配合，由男方先开始作答。

“能把您的姓名和住址告诉我们吗？”站务员最后问到了二吉。

不好办啊。

说出名字和住址没什么难的，但此时二吉正处于一个非常奇怪的状态，罹患顺行性遗忘症这件事本身就很罕见，如今又发生了不合情理的状况。一个有杀人嫌疑的男人突然出现，自己被要求为他提供不在场证明，而非常碰巧，自己没有忘记对那个男人有利的记忆。这个状况太不寻常了，事情肯定在往不好的方向发展。但二吉现在没有足够的情报，也没有时间进行分析。

“您好，请您留一下姓名和住址。”站务员又说了一遍。

“不行。”二吉说道。

“啊？”

“我不想把自己的名字和住址说出来。”

“没关系的，其他客人都说了。”

“那也不代表我必须告知吧。”

“我们不会滥用您的个人信息的，麻烦您了。”站务员再次请求。

“我只是凑巧来这家店，没有义务给别人做不在场证明。”

“话虽如此……”站务员有些为难。

让站务员为难不是我的本意，我也是无可奈何啊。

“我还有急事，就先告辞了。”自称常村的男人从座位上站起来。

要记住这个男人的长相特征，这样下次遇到的时候能认出来。唉，仅凭文字和拙劣的画像，下次见到他的时候肯定认不出来吧。要是能拍张照片就好了，可是，自己连姓名都不肯说，哪好意思让人家拍照呢。

“等一下！不许逃！还没问完所有人的姓名和住址呢！”中年男人不肯放他走。

“不肯提供信息的是那位先生，又不是我。”自称常村的男人说完，询问站务员，“我可以走了吧，站务员先生？”

这个男人想逃离这里，这是二吉的直觉。

如此看来，这个男人很可疑。“常村”这个名字也很有可能是捏造的。他肯定使用了某种手段，才让这家店的老板和客人都深信他一直在店里。虽然不知道具体用的是什么手段，但这个手段显然非常强大，效果也很好。我能发现，应该是因为患有顺行性遗忘症，有记忆困难，其他人则会无条件选择相信自己的记忆。

真是太可怕了，这个男人想利用那个手段杀人。如果让他知道我发觉了这个秘密，真不知道会落得怎样的下场。

站务员答道：“是的，我们没理由限制您。”

没错，快离开这家店，离我远一点。

“喂！”

中年男人想抓住自称常村的男人的衣襟，却被站务员制止了。常村从二人中间穿过，走出咖啡店。

得救了。

紧绷的神经放松下来，二吉感觉自己就要崩溃了，但还是强装冷静。

那个男人离开后，现场最大的异类就是我了吧。虽然没做什么亏心事，但也不想被人调查。随着调查的深入，风险也会升高，而且在这期间，宝贵的记忆会逐渐消失。如果今后要与那个男人对峙，现在做好详细的记录将会极其重要。

中年男人催促站务员："那家伙逃了！快追啊！"

"今天就到此为止吧。"站务员好言相劝，"在没有证据的情况下，我们无法继续追查，毕竟我们不是警察。"

"那就快报警抓他啊！"中年男人怒吼着。

"可我们没有理由报警。"

"我差点被杀，这个理由足够充分了吧？"

"从您的主观上来看，是这样，不过——"

"站台里的监控摄像头应该拍到他踢我了吧，而且当时还有好几名目击者。"

"是的，但无法证明那个人就是常村先生。"

"很像啊！"

"凶手戴着墨镜和口罩，无法确认就是常村先生。"

"体形很像，而且又是往这一带逃的，还能有错吗？"

"但是常村先生有不在场证明。"

"你们就这么相信这家店里的人？"

情侣中的男性怒视中年男人，吼道："你这话什么意思？"

"我说的话有错吗？你们都觉得这件事与己无关，反正差点被杀的是我又不是你们，为了不惹上麻烦，你们就顺着别人的话说，对不对？"

“喂！这种话可不能随便说。”年轻男性面带怒色，“我们那么配合，你凭什么这么说？”

“那你们能证明自己说的是真话吗？”

“啊？你脑子不正常吧？我们的证词就是证据！你的意思是，还需要证据来证明证据吗？”

“各位，请冷静。”站务员介入调解，“在这里争论毫无意义。总而言之，我们能做的就是这些了，之后想怎么处理是您的自由，想报警的话也请便。不清楚嫌疑犯是谁也可以报警的，或者直接把常村先生告上法庭也可以，请您自行决定吧。”

“好！我现在就去找警察！”中年男人满脸不悦地走出店门。

“打搅各位了。”两名站务员耸了耸肩，也离开了咖啡馆。

总算是从这复杂的状况中逃脱了，先把刚刚发生的一系列奇妙事件写下来。

嗯……我是因为什么在这家咖啡馆来着？

# 9

二吉总算回到家中，他打开笔记本。

哦，今天曾经因为身体不舒服，进了一家咖啡馆吗？

他开始阅读笔记本上的内容。

- 在咖啡馆遇到一个奇怪的人。
- 那个男人被怀疑杀人未遂，我们为他做了不在场证明。
- 但那不是事实。

……

二吉一口气看完了笔记中的这部分内容。看完之后，他得出一个结论，那个男人给咖啡馆的老板和客人植入了伪造的记忆，除此之外想不到别的可能性。但有可能吗？或许是一种类似催眠的手段。而自己因为患有顺行性遗忘症，才会发现其中的蹊跷，否则根本不会意识到这个奇怪的事实。

男人名叫“常村胜雄”，很可能是化名。笔记本上画着那人的肖像，但画得实在蹩脚。就算在街上偶然遇到，凭借这样的画像也认不出。笔记本上还记录着男人的特征。

- 中等身材。
- 眼神锐利，看起来很聪明。
- 高鼻梁。
- 正常大小的嘴。
- 肤色偏黑。
- 右脸上有个浅浅的伤痕。
- 下巴上有颗黑痣。
- 头发略长，不知发色原本就比较淡，还是染成了茶色。
- 三十多岁。
- 说话方式充满自信。
- 步幅大。
- 肩头窄。

可以被称为特征的只有脸上的伤痕，其他的都太大众化了。这人会记得自己的长相吗？要是他拍了照片，笔记本上会有记录，所以应该没有被拍。那很可能他也记得不太清楚，“常村”没有必要记住自己的长相，人在没有必要的情况下是不会硬逼着自己记住别人的长相的。

对方没有记住自己的长相的话，就不需要这么担心了吧？“常村”没理由加害自己。

真的吗？如果他知道自己患有顺行性遗忘症呢？倘若他的推理能力较强，就有可能联想到，由于他植入了虚假的记忆，让自己发觉了逻辑上的矛盾。要是他回想起当时自己不自然的态度，又会如何呢？那个男人好像之前打算在站台上杀人，也就是说，他不抵触杀人这件事，所以他有可能会想杀了自己这个不确定因素。当然，这样的可能性很低，但也不能不考虑。

有必要思考针对那个男人的对策。应该随身携带照相机。数码相机的话，可能会在关键时刻搞不清使用方法，或许可以通过反复练习，以程序性记忆的形式记住操作方法，但不敢保证能成功。还是用拍立得吧，假装拍风景，拍下对方的照片。虽然容易暴露，可除此之外也没有别的方法了。

从常识出发，独自面对不是上策，应该找人帮忙。可找谁帮忙呢？这条街上没有旧相识，自己又完全不了解最近刚接触的那些人的为人。在没有记忆的状态下，该怎么判断谁是能够真正信赖的人呢？而且这种事，谁又会相信呢？把笔记本拿出来，认真解释说明，只会让对方觉得自己出现了新的症状吧。

等等，会不会这一切真的都只是妄想？去咖啡馆的事，遇到奇怪男人的事，有没有可能都是妄想出来的？

可妄想说白了就是虚假的记忆，没有记忆的自己也根本不可能产生妄想，只会产生单纯的混乱。可就算把笔记本拿给别人看，也无法证明自己没疯，必须拿到能证明那个男人有特殊能力的证据，等有了证据之后，再寻求他人的帮助。

可真是件麻烦事啊，干脆把记录着那个男人相关内容的页面扯下来扔掉算了。把一切都忘了或许更轻松。

要这么做吗？不行，已经和那个男人扯上关系了，不敢保证那个男人不会对自己产生加害之心。要是把那页扯下来，把一切都忘了，今后就会对那个男人毫无防备。

好，决定了，把与那个男人相关的记录好好保存下来。但不主动接近他，最好一辈子都能远离他，或许就能继续过平稳的生活了吧。

可这样真的好吗？可能这一刻那个男人也在操纵他人的记忆，做着犯罪的勾当。难道要继续放任那个怪人为所欲为？

没办法啊，我没有能力阻止他，更何况我还患有记忆障碍类的疾病，就连想找人帮忙都做不到。

无能为力。就好比凭借一己之力无法阻止台风和地震等自然灾害一样，在他的能力面前，我什么都做不到。或许会不断有受害者出现，但责任不在我，因为和我无关。

二吉不断找借口说服自己，同时流下泪水，他想拥有力量。

# 10

云英在车厢内物色着目标。昨天的失手令他心情烦躁。那个大叔要是被轧死，想必会很爽快吧。就差那么一点，让那个大叔捡回一条命。

之后就开始诸事不顺。

躲进咖啡馆后，遇到一个拘泥于奇怪的点的家伙，没能顺利篡改记忆。虽然最后总算是逃脱了，但还是积攒了不少压力。没能干掉那个大叔的确很气愤，但那个笔记本男也让人很不爽，下次再让我见到，一定要报仇。

话虽如此，云英已经不记得那个男人的长相了。这样想把人找出来很难，可不做点什么就会一直烦躁，于是，为了排解压力，他坐上了电车。

电车里虽然众目睽睽，但没有监控摄像头，相对来说更自由。唯一需要小心的是乘客手机上的摄像头，不过没人会在车厢内拍照。想来也正常，在车厢里按响快门，被怀疑是色狼也是百口莫辩。

看不到通道、有些拥挤的车厢最理想。

车厢里有好几个年轻女孩都是云英喜欢的类型，但移动过去很困难。他配合着上下车的人流一点一点移动位置，来到其中一个女孩身边，站在其身后，明目张胆地将手伸进女孩的衣服里。

“呀！”女孩发出惊叫。

云英一点也不害怕，继续随心所欲地玩弄着她的身体。

“请别这样，我要报警了。”

云英轻笑道：“在电车里能报警你就报啊。”说着，加快了手上的动作。

女孩想逃，云英不让她逃，最后女孩只能默默抽泣。

啊啊，真爽快，云英沉醉于自己的大胆。

“喂，住手。”发声的人抓住云英的手腕，“这是犯罪，下一站跟我下车。”

一个强壮的男人正愤怒地看着自己。哼，逞什么英雄，看见这种人就来气。

“好啊，有本事就把我带到警察面前啊。”云英露出天不怕地不怕的笑容，另一只手继续玩弄着女孩的身体。

“让你住手没听见吗？！”

“不要，这么开心的事，我为什么要住手？”

“真是令人作呕。世上居然还有你这样的人……”

很快，电车到站了。

女孩还在哭。男人把云英从电车上拽下来，在这样的情况下，云英依然没有放开女孩。女孩表现得极其不情愿，男人见状，用力将女孩从云英的怀里拉到一边。

云英故意模仿弱女子的语气说道：“你这个人可真过分。”

男人握紧了拳头。

“哦？要打人？要是打了我，你就和我一样是犯罪者了。”

“我不会打你，但会把你送去站长室，你会被逮捕。这位小姐，我知道你很痛苦，但还是要请你一起去站长室，指证这个人。”

女人边哭边点头表示同意。

啊啊，真无聊。云英看了看被男人抓着的手腕，说道：“你才是色狼，在车厢里摸了这个女孩。”

男人翻着白眼，身体出现轻微痉挛。

好强的抵抗力啊，大概是无法相信自己会犯下猥亵这种卑劣的罪行吧。但抵抗也没用。

男人的眼睛恢复了正常。“啊！”下一秒，便用手捂住脸。

看来是觉得自己的行为太无耻，内心产生了动摇。不过，那只是一段被植入的记忆，你并没有真的猥亵过女孩哦。

女孩无法理解男人突如其来的变化，呆呆地盯着他看。

云英摸着女孩的胸，指着那个强壮的男人道：“这个男人对你耍流氓，然后，我救了你。”

女孩翻了个白眼，这次没有遭到什么抵抗。被猥亵这件事对她的打击很大，对方是谁并不重要。

“好了，小姐，我们去站长室吧？”

女孩颤抖着点点头。

“喂！你，认清现实吧！”云英对男人说道。

“啊啊啊啊啊啊！”男人揪着自己的头发，“为什么我会做这种事啊！为什么啊！”

“一时鬼迷心窍吧。但错了就是错了，不许逃跑。”

男人垂下头，迈出沉重的步伐。

看来这个男人的正义感很强，不会逃，也不会给自己找借口。云英在心中暗喜，这家伙或许会就此心理崩溃。

这一幕有很多目击者，但目击到整个过程的人应该没有。只要没人同时看到男人把云英从电车上拽下来，和陷入绝望的男人拖着沉重的脚步朝站长室走去，就不会发现有什么异常。万一真的有人看见了，也只是会搞不清这期间发生了什么。云英在操纵他们的记忆时，是接触二人的身体，用只有他们才能听到的音量进行的。

就算觉得其中有蹊跷，加害人和受害者都已经承认了这个事实，其他人也无法将其推翻。更何况，没人会做这种费力不讨好的事。要是真有这么个人，到时候再篡改一下那个人的记忆便是了。

云英抓着男人的手腕，与女孩一起走进站长室。将事情的原委讲清楚后，站长问云英是否愿意在警察面前做证，他则称自己有急事，留下捏造的姓名和住址便离开了。

在给警察讲述细节的时候，肯定无法避免出现与女孩的证词有出入的地方，虽然有出入很正常，但他不想给自己惹麻烦。女孩和男人的证词应该也会有不符的内容吧，不过其他人肯定会认为是男人在说谎。

云英好久没这么爽快过了，不禁吹起了口哨。

# 11

今天是从医院回家，二吉明白，他应该尽可能直接回家。但眼前发生的事，实在是太不寻常了，勾起了他的兴趣。

在拥挤的车厢内，一个油头粉面的男人居然堂而皇之地耍流氓。最初他以为两个人认识，但那位女性明显很不情愿，之后又有另外一个强壮的男性介入帮忙。即便是这样，油头粉面男也没有停止自己的色狼行为。

真的太不寻常了。在众目睽睽之下，那个人被人指着鼻子说他在耍流氓，却依然我行我素，这完全不符合常识。当然，耍流氓这种行为本身就脱离了常识，只有自暴自弃的人才会在大庭广众之下实施犯罪，否则将没有任何好处。

油头粉面男被强行拽下电车，他的手却依然没有从那位女性身上离开。

二吉也趁他们不注意走下了站台。他很清楚，在平时不会下车的站下车会有风险，但他太在意那个男人的行为了。

色狼低声对强壮男说了些什么，强壮男翻着白眼开始痉挛。

不对劲。

突然，强壮男性大叫一声，捂着自己的脸。站台上的人在远处围观。有几位乘客和二吉一样在这一站下了车，他们了解事情的原委，但其他人却并不知道发生了什么。

色狼摸着女性的胸部，嘟囔了几句。女性对色狼点了点头。

果然很不对劲。

强壮男蹲在地上，揪着自己的头发。

那个色狼究竟对他们说了什么？是怎样的魔法语言才能制造出这样的状况？强壮男被色狼抓着手腕，拖着沉重的脚步往前走，那位女性也紧随其后。就好像那个男人和色狼的立场反过来了。没有看到车厢内经过的人，看到这种状况，肯定会认为之前帮助那位女性的男人才是色狼吧。

色狼带领着被害人和出手相助的男性走进了站长室。

怎么办？在这里等着警察来吗？可是拖得越久，二吉要担负的风险就会越高。或许到此为止比较好。

就在这时，站长室的门开了。色狼一个人走了出来，站务员都在和他打招呼。

二吉趁门还没关上，偷偷看了看房间里面的情况。被色狼制伏的强壮男仿佛陷入了绝望，抱着头。而那位女性被害人则瞪着他。

怎么回事？看这个架势，仿佛那个男人才是真正的色狼。发生什么事了？想要确认真相的冲动袭来，但同时二吉又有种预感，绝对不能过于深入地探索。

色狼渐渐走远了。要询问那个男人吗？不行，那个男人不见得会说真话。那就去站长室？二吉犹豫了一会儿之后，朝着站长室的方向走去。

“您有什么事吗？”刚巧走出来一名站务员。

“请问，我目击了之前那场骚动，请问刚刚那位男性为什么离开了？”

“哦，那位先生说有急事，就让他先走了。”

“那可是现行犯啊。”

“可我们也不能勉强把他留下。不过，被害人还在呢，应该不会影响举证。”

“那加害人……”

“加害人老老实实在那里待着呢。色狼是那么魁梧的壮汉，真是太可怕了。”

一阵恶寒包裹了二吉的身体。色狼和制止色狼行为的人，调换了。

“那个男人承认自己是色狼了吗？”

“是的，直接坦白了。不过，如果您愿意做证的话……”

“啊，不好意思，我也有急事。”二吉逃也似的离开了。

怎么回事？发生了什么？是自己的症状恶化了吗？不光不能保留记忆，连简单的事情经过都不能正确地记住了吗？如果真是这样，那自己可能连日常生活都无法维持了。

“您好，我想打听一下。”是一位看起来很优雅的老妇人。

二吉答道：“好的，您请说。”

“您也看到之前发生在车厢里的那件事了吧？”

“是的，不过……”

“刚刚您去了站长室，对吧？”

“是的。”

“那，能把理由告诉我吗？”

“理由？”

“色狼被释放的理由。我觉得很不可思议，想着要不要去问问，可始终没有勇气。就在我犹豫不决的时候，看到您走了进去，于是就想问问您，这到底是怎么回事。”

“请稍等一下。”二吉在松了口气的同时，又感受到了另外一种恐惧。“刚刚走出来的，的确是那个色狼，对吧？”

“对，您也看到了吧？”

“然后，有个强壮的男人救了那位女性。”

“对，事到如今为什么还要问这些？”

“因为我无法相信自己的记忆。”

“记忆？”老妇人一脸不可思议地看着二吉。

“最近我的记性不好。”

“哎呀，这么年轻记性就不好了？”

“那么，我告辞了。”

“啊，等一下，您还没回答我，到底是怎么回事呢。”老妇人急忙叫住二吉。

“我给不出答案。”

“什么意思？”

“就是我也不明白。”

“您是在戏弄老太婆吧。”老妇人好像生气了。

“不，我是真的不明白。”

“怎么可能不明白。”

“是真的。”

老妇人叹了口气：“看来，我只能自己去问了。”

“我不建议您那么做，但如果您无论如何都要去的话，我也无法阻止。提醒您一下，就算问了站务员，也只会让自己陷入混乱而已。”

“这就是在戏弄我。”老妇人瞪了二吉一眼。

二吉给老妇人留下一个笑容便离开了。

到家之后，记忆还没有消失。二吉迅速将刚刚发生的事记录在笔记本上。他也可以在回来的途中，找个地方写下来，但感觉自己就是平静不下来。

从客观的角度分析这起色狼事件，唯一的结论就是，相关人员的记忆都按照色狼所愿发生了变化。如果真的发生了这种事，那是色狼的想法引起的，还是其他原因引起的呢？根据答案，情况将完全不同。假设是色狼的想法引起的，那他就是个极度危险的人物，不能和他扯上关系，特别是对于记忆有障碍的我来说，会非常不利。

那个人就住在这附近吗？如果是的话，自己和色狼的行动范围就会有重合的可能性。

二吉开始仔细阅读笔记。看到了几周前自己遇到神秘人物的事，当时，自己推理出的结论是，那个人是杀人未遂的嫌犯，给包括自己在内的几个人都植入了证明他不在场的虚假记忆。

自己还在笔记本上记录下那个人的样貌特征，画下了肖像，但通过这些信息无法立即判断出是不是今天遇到的这个人。不过，很难想象拥有这种特殊能力的人会同时存在两个，还是当成一个人更加合乎情理。

还好当时没有和那个色狼搭话，如果笔记本上的记录没错，自己与那个人已经见过一次面了，有可能他还记得自己的长相。

第一次相遇，我发现记忆被篡改，之后又为了掩饰自己患有顺行性遗忘症不得不采取一系列不自然的举动。要是这次再主动搭话，他或许会将我视作危险人物。若只是消除我的记忆还好，最糟糕的情况可能会被杀。对于这种拥有超出常规的能力的人来说，与其要些治标不治本的小手段，不如直接斩草除根。

那家伙在心理上对犯罪的抵抗似乎极低。今后要注意不要轻易接近他，平时出门的时候，还是应该随身带着拍立得。问题是，遇到那家伙的时候，自己能否记得并认出他。必须针对这一点想出对策。

思考了一会儿之后，二吉在笔记中写下以下内容。

- 附近潜藏着可怕的怪人。
- 详细情况参照第二十一页和第四十页。

第二十一页和第四十页分别记录着上次和本次事件。二吉继续在第四十页的记述中加入了以下内容。

- 发现怪人时，在不被对方察觉的情况下拍下面部照片。
- 为此要随身携带拍立得。

针对那个男人，二吉目前还没有想到能够从根本上解决问题的对策，不过运气好的话，应该不会再遇到了吧。

运气好的话……

# 12

哦，我在说话技巧教室上课啊。而且，我自己认为，既然程序性记忆的能力并没有消失，那就有可能掌握说话技巧。真的吗？完全不觉得自己的说话技巧有所提升啊……

门开了。走进来一位三十多岁的女性。

“我看看，您是北川京子老师吧。”二吉看着笔记本说道。

来人没有化妆，头发随手一扎，眼镜也不是时髦的款式，但正因为不加修饰，才会清楚地感受到从她内心流露出来的知性和人品。

原来如此，这位女性就是教室的老师啊，所以我才会决定来这里上课吧。

“对，是我，你每次都在进步。”京子露出微笑。

“进步？”

“是的，每次开始上课前，都需要解释各种现状，但花费的时间正在慢慢变短。”

“真的吗？”

“当然。”

“那是因为，我养成了把所有事情都详细记录在笔记本中这个习惯。”

“以前也会往笔记本上记录啊。”

“如果是这样，我反而要奇怪，之前为什么需要解释呢？”

“以前你好像不能很好地从笔记本中摘取重要情报。”

“您的意思是，我最近能做到了？”

“是的。”

“这是为什么？我分明记不住东西。”

“不，你能记住。”

“您是说程序性记忆吗？”

“对，对，这不是理解得很清楚吗。”

“我刚刚才看完笔记。”

“好像就是将阅读笔记本上的内容养成习惯后，你才过上没有烦恼的生活的。”

是这样吗？我的生活越来越好了吗？

“我们开始今天的课程吧。先通过视频确认上次演讲的情况。”

“演讲视频？我的吗？”二吉惊讶地问道。

“嗯，是啊。”

“在这里拍的？”

“对。”

“其他学生也都拍了？”

“是的，不过不是所有人都是在这里拍的，很多人是在家里拍完后把视频上传的。”

“上传？”

“嗯，这间教室有自己的网站，视频会在那里公开。”

“‘在网站上公开’是指无论是谁，只要有网络，都可以通过电脑看到吗？”

“是的。”

“我的演讲也公开了吗？是我自己说可以公开的吗？”

“对，是经过你同意的。”

“我没有怀疑的意思，但还是想确认一下，我真的同意了？”

“这里有记录，而且在视频的开头，田村先生你自己也说了。”

记录上的签名的确是二吉自己的笔迹。可是，在网上公开自己说话的样子……

“能让我看看那个视频吗？”

“接下来就打算放给你看的，不过你可能不记得了。”

“不，我记得，刚刚老师说过，要确认视频，对吧？”

“是的。”京子露出微笑。

“这台电脑上插着各种形状的小东西，是类似存储卡的东西吗？”

“对，每个年代都会有各式各样的存储卡被开发出来，而这台机器几乎可以适用所有存储卡，因此能够直接读取大部分数码相机拍摄的数据。田村先生今后也要拿在家拍摄好的演讲视频来哦。”

科学的进步吗……

“居然敢小看我！！”

一声怒吼从走廊传到了二人耳中。

有人吵架吗？

京子朝着门的方向走了过去。

“老师，是您认识的人的声音吗？”

“不是。”

“那还是不要过去比较好。”

“但可能是有人遇到困难了。”

“要是有人在打架，擅自接近的话可能会被牵连。”

“说起来，你就是在别人打架时受到牵连，因此才得了这个病吧。”

“总之，要是受伤就太不值得了，我觉得应该在这里观察一下情况，或者报警。”

“为了判断是否需要报警，也有必要确认一下状况吧？”

“给警察提供完全错误的信息的确会添麻烦，但现在都有人在外面大叫了，所以我觉得报警并不算是小题大做。”

“是你先找碴儿的吧！”又是一声怒吼，但和刚才不是一个人。应该是吵架的另一方。

“快把钱拿出来！！”

“为什么我要给你钱啊？听不懂你在说什么。喂！你要干什么？这样很危险的！喂！我都说了，在楼梯上这样很危险，快住手！听不懂吗？！喂！快住手！要掉下去了！要掉下去了！真的要掉下去……”

男人的声音变成了尖叫，接着是一阵激烈的撞击声，听起来就像是有人摔下楼梯的声音。

“还是去看看吧。”京子走向门口。

二吉紧随其后：“那我也去。”

“你可以吗？”京子边走边问，“之前被打的事给你留下阴影了吧？”

“那件事我还记得，但应该没有留下阴影。”

就算有也记不住。

打开门后，就看到有个男人站在附近的楼梯上向下看。

“出什么事了吗？”二吉问道。

“没什么大事。”

二吉看了看楼梯下面。一个瘫软无力的男人横躺在那里，他的脖子朝着绝对无法弯曲的方向大幅度倾斜着。

“这究竟是……”二吉一时语塞。

就在这个时候，其他房间也有人走了出来，那人穿着西服，也开口问：“出什么事了吗？”

“好像有人摔下楼梯了。”京子为那人解释道，“必须马上叫救护车。”

“怎么摔下去的？”

“是有人推他下去的。”站在楼梯上的男人看着楼梯给出了答案。

“有人？是谁？”

“我来告诉你吧，”男人的手放在穿西装的人身上，“把这个男人推下去的，是一个留着长发，穿着红色连衣裙的年轻女性。你看到了。我是在你之后抵达这里的。”

穿西服的人翻了个白眼。

“啊！我看到了。”穿西服的人好像突然想起了什么似的说着，“是一个年轻女人把这个人推下去的。”

“刚刚那是怎么回事？”京子嘟囔着。

“感觉有点奇怪。”二吉附和着。

男人向这边走来。笔记本留在教室没有带出来，真是不幸中的万幸。如果对方记得自己，那总是拿着笔记本就可能会引起对方的怀疑。

是的，二吉在进入教室前看了笔记本上关于操纵记忆的怪人的信息，老实说，一开始他也是半信半疑，还怀疑自己是不是把在哪里抄下来的都市传说弄混，放到重要事项中了。所以也没有将怪人的特征记下来。

但现在看来，怪人是真实存在的。这家伙是准备篡改自己和京子的记忆吧。二吉体会到了深不见底的恐惧与令人陷入绝望的无力感。超出人类知识范畴的怪物就在眼前，感觉自己一个不留神身体就会发抖。

该逃跑吗？不行，一旦逃了，那家伙就会察觉到二吉已经知道了他的能力的秘密。那家伙要是认真起来，干掉自己就和拧断婴儿的手臂一样轻松。

但如果不逃的话，自己的记忆就会被篡改，只是自己还好，关键还有京子。不，没什么好担心的，就算是篡改记忆，应该也只是最低限度的。他不会进一步加害我们，因为我们是证明他清白的道具。

怪人抓住京子的手腕，京子反射性地想要逃，但怪人没有放手。

“你要干什么？突然抓住别人太没礼貌了吧？”二吉没能忍住，发起抗议。

怪人斜眼瞟了二吉一眼：“你等一下，先从这个女人开始。”

“把这个男人推下去的，是一个留着长发，穿着红色连衣裙的年轻女性。你看到了。我是在你之后抵达这里的。还有，把我抓着你的手这件事忘了。”

京子翻了个白眼。“说起来，我看见一个年轻女人把这个人推下去了。”京子突然说道。

她的言行实在不合乎情理，但她本人似乎并没有察觉。

“让你久等了，”怪人看向二吉，“轮到你了。”

这种感觉可不好，因为接下来必须被这家伙改动自己脑内的记忆。

先是瞬间产生了困意，之后感觉意识消失了。

最先想起来的是一个留着长发、穿着红色连衣裙的年轻女性将男性推下去这件事，但这是怪人植入的虚假记忆，二吉很清醒地意识到了这一点。

原来如此，只要提前做好心理准备，虚假的记忆和真正的记忆就很容易辨别了。

而且，虽然有些模糊，但二吉似乎想起了怪人说的话，他说：“把这个男人推下去的，是一个留着长发，穿着红色连衣裙的年轻女性。你看到了。我是在你之后抵达这里的。还有，把我接触过你这件事忘了。”

这是个好消息，这家伙的能力并不是无懈可击，一般来说，人们不会怀疑自己的记忆，所以，只要“看见女人”这个记忆存在，就会相信，有必要的话，大脑还会将记忆补充完整。但因为我知道这个怪人拥有植入记忆的能力，所以我不会相信，因此大脑也没有对记忆进行补充，这才得以区分出哪个是虚假的记忆。

可我真的从那家伙的能力中解放出来了吗？那家伙绝对没想到自己的能力已经被人知晓了，所以只用潦草的暗示完成了记忆的篡改。如果他知道呢？就会制造出更加周密的记忆了吧？届时，我无法区分真正的记忆和虚假的记忆，精神或许会就此崩溃。不，这家伙不会做那么麻烦的事情，他完全可以杀了我，再让别人背负罪名就行了。

这次他只是没有考虑太多，才让一个不存在的人替自己承担罪名，当然也可以嫁祸给实际存在的人。倘若他说的不是“年轻女人”，而是一时兴起指着我说“是这家伙把人推下去的”，我就会成为凶手。这个怪物太可怕了，必须想办法……

回过神来，怪人正在盯着二吉。

啊，糟了，必须假装记忆被篡改了。

“我看到一个年轻女人把这个人推下去了。”

“那凶手就是那个女人喽？”怪人说道。

“我想是的。”

当然不是，把那人推下去的应该就是你这个怪人。

京子拿出手机叫了救护车。

英明的决断，但恐怕来不及了，从那个人的姿势来看，相信颈骨已经折了。

京子走下楼梯，把手放在被害者的胸口上：“不好，没心跳了。”

二吉刚想说“我觉得他已经没救了”的瞬间，京子喊道：“快拿 AED① 来！！”

“AED 是什么？”二吉询问京子。

“我去找。”说着，穿西服的人便跑开了。

二吉则在京子之后走下楼梯，对京子说：“我来给他做心肺复苏吧。”

“那就拜托你了，还是男性来做比较好。”

“把脖子摆回原位好一些吧。”

“有道理。”

二吉和京子慢慢将男人的脖子恢复到正确的位置。

触感是软绵无力的，这下可以肯定，颈骨确实已经折了。京子应该也察觉到了，但她没有说。现在要做的不是判断这个人的生死，她大概是这么想的吧。

是的，二吉并非专业人士，没有权利做出“颈骨已经折了，

---

①自动体外除颤器。

抢救也没用”这样的判断。二吉为不去做该做的事，而是从最初就选择放弃的自己感到羞耻。

急救术是遭遇事故前学的，所以他还记得。二吉开始做心脏复苏，摔下楼梯的男人毫无反应，但他没有停止手上的动作。

京子打完急救电话后，又打了报警电话。“是的。一名男性被推下台阶。推他的人是一个年轻女性。已经叫救护车了。我的同伴正在为他进行心肺复苏。”

二吉暂时停止心肺复苏，打算为他进行人工呼吸。

“不需要人工呼吸，请继续心肺复苏。”正在打电话的京子说道。

“可是……”

“最近的指南建议优先心肺复苏，因为外行实施人工呼吸大多没有效果。”

原来如此。二吉继续实施心肺复苏。

不久之后，便听到了警笛声。

“不好意思，我没找到 AED。”西服男回来了。

“我可以走了吧？”怪人突然提出，“你们才是目击者。”

不能让他逃掉，警察或许能发现什么证据。想到此，二吉开口道：“可是，你当时也在附近，或许能提供什么有用的证词。”

“我什么都没看见，而且稍后我和别人有重要的约会。”怪人绕到三人背后。

意识变得恍惚，怪人消失了，仿佛从一开始就没有出现过。

“忘了我。”那家伙大概说完这句话之后，便不见了踪影。

甚至连怪人的长相、穿什么衣服和声音都想不起来了，如果这是顺行性遗忘症的症状，那未免忘得也太快了，因此二吉判断，是受到了怪人能力的影响。要是最初没有做好心理准备，想必连“这里之前还有另外一个人”这个事实都不会记得吧。为了以防万一，二吉试探性地确认了另外两个人的记忆。

“除了我们之外，是不是还有一个目击者？”

“咦？我没看到，你注意到了吗？”京子询问西服男。

“是我去找AED的时候有人来过吗？除了那段时间，就只有我们几个吧？”

“没有另外一位男性吗？”

二人摇了摇头。

“这样啊，那大概是我的错觉。”

再继续坚持己见，也只会被怀疑精神状态出了问题吧。特别是京子，她知道二吉的病情，内心或许会产生不安。

救护车到了，从楼下上来几名急救队队员，询问三人：“是这位吗？”

“是的。”

队员们确认被害人的状态，从他们的表情可以看出，几乎是没救了。

“有人认识伤者吗？”

三人都摇了摇头。

急救队员将被害人抬上担架。

很快，警察也赶到了，当场对情况进行了简单的了解。三人都给警察留下了住址和名字。京子和另外一位男性都做证说，是一个留着长发、穿着红色连衣裙的年轻女性将被害人推了下去。

“那她之后往哪个方向逃了？”

二人都歪着头思考了一会儿。

“不好意思，当时太混乱了，不太记得往哪个方向跑了。”

“那位先生知道吗？”警察询问二吉。

二吉也记得红衣女的事，但那是虚假的记忆，事实上，把人推下去的是那个操纵记忆的怪人。

“非常抱歉，我有记忆障碍，无法做证。”

“还没过去那么长时间，应该没关系吧？”京子说道。

“是，我还记得，但再过一会儿就会忘记，所以我觉得，现在做证了也没什么意义。”

“我可以为你做证，你提供过证词。”

现在说出“见过年轻女性”，就会增加另外两人证词的可信度，正中怪人下怀。可又不能说出真相，否则别人会觉得是我的病情恶化了。

“非常抱歉，或许您会觉得我这个人太固执，但我还是决定不做证。”

“难办啊。”听到二吉的回答，警察有些为难，“那就认定您不否认这二位的证词，这样没问题吧？”

有问题。不过二吉也没有别的办法，只得默默点头。

“那么，提供证词的二位，之后或许还需要请求你们的协助。而田村先生无法协助，是这样对吧？”

“是的。”二吉的回答斩钉截铁，“另外，我可以回教室了吗？我想在记忆消失前写在笔记本上。”

“那个笔记本能让我们看一下吗？”

“绝对不行，上面有我的个人隐私。”

“我明白了。”警察表示遗憾。

二吉火速赶回教室，开始往笔记本上做记录。

如果笔记上的内容是正确的，自己就是第三次遇到那家伙了。他还记得我吗？对那家伙而言，其他人或许微不足道，但也没有证据证明，他不记得我了。也许平日里也会遇到，所以对他来说，我或许已经是熟面孔了。

摆在二吉面前有两条路，要么积极战斗，要么尽量不引起那家伙的注意，忍气吞声。当然，战斗是完全没有胜算的，就算忍气吞声，自己的病也是一个难题。要是在那家伙面前表现出不自然的态度，患病这件事就很有可能被察觉。到时候他也会发现，我平时会将遇到的事详细记录在笔记本上。笔记本被抢走，生活就过不下去了，更可怕的是会被那家伙判定为危险人物。一旦认定我会坏他的事，相信他很快就会出手。从笔记本上记录的内容来看，那家伙只要心中有一点不快，或是一时兴起，就会杀人。

- 遇到怪人也绝对不能表现出来。
- 在怪人面前不要拿出笔记本。
- 在那家伙面前，要尽量避免做出会让认识的人提到自己患有顺行性遗忘症这件事的举动。

最后一项要想做到将会非常难，但同时也很重要。从那家伙的能力的特性来看，有极大的可能性会对我的能力感兴趣。仅仅是这样，就非常危险了。要尽量不引起那家伙的注意，度过这一生。但这有可能吗？不，现在该考虑的不是有没有可能，而是要竭尽全力实现目标。这就是我唯一要做的。

# 13

哦，我在说话技巧教室上课啊。为什么要做风险这么高的事？

二吉看着笔记，走上前往教室的楼梯，看到一男一女正在楼梯平台处说话。出家门前他看过笔记本上的主要内容，虽然不能确信，但他推测女性一方应该就是北川京子。原来如此，这就是自己冒着风险来这里上课的原因啊。

但那个男人是？二吉有种不好的预感。

是担心过度了吗？我的描写能力不怎么样，也没有绘画天赋，就算给人的印象有点像，那个男人是那家伙的可能性也无限接近零。

可并不是零……

男人正在慢慢接近京子，并想要碰触她的胳膊肘。

这个举动太不自然了。如果他就是怪人，或许通过碰触就能发动改变记忆的能力吧？在这里思考这些也没用，原本怪人的能力就超出了常识的范畴，所以对付他也不能用一般手段。总之，先假设那个男人就是怪人吧。

接下来该怎么办？怪人是在打什么坏主意，目的应该不是杀了京子，很大可能性是想将她变成他的玩物。从笔记本上的内容无法判断自己和老师是什么程度的朋友，但在这里上课也有几个月了，关系应该还不错。不能眼睁睁看着自己认识的人成为怪人的牺牲品，必须要救她。

可怎么救？绝对不能让对方察觉自己已经知道他的能力，还不能暴露自己患有顺行性遗忘症。太难了。

就在二吉踌躇之际，男人碰到了猜测是京子的女性的胳膊肘，并开口说道："你……"

"北川老师！"二吉突然出声打招呼。

男人似乎吓了一跳，看向二吉这边，他之前好像没有注意到二吉。

京子先是翻了个白眼，男人把手收回去后，京子又按着眉心。

"您怎么了？"二吉询问京子。

"没什么，刚才有点头晕。今天这是怎么了？我是……北川老师。"

"啊？"

"怎么突然想起来了？叫我'老师'。"

"不好意思，你们刚刚在谈事吗？"二吉岔开话题。

"哦，对了，这位染谷先生，是一名记者。他想问问前几天发生的那件事……不过，田村先生可能不记得了……"

"哦，是在调查那件事吗？"二吉打断了京子的话。

虽然不知道京子会不会把二吉的病情说出来，但就算是能够推测出那个结果的内容最好也不要让怪人听到。希望京子还没有说出来。

京子有一瞬间露出了迷惑的表情，但很快就恢复了原状。那个叫染谷——多半是化名——的人看着二吉，所以并没有发现京子表情的变化。

"后来挺严重的吧。"自称染谷的人说道。

“是啊，不过我们都目击到了凶手的样子，应该很快就会被抓到吧？”

二吉不想谈论当天的事，光靠笔记本上记录的那些内容，很快就会露出马脚。

“不好意思，”二吉话锋一转，“快到上课时间了。”

“哎呀，真的。”京子看了一眼表，“染谷先生，不好意思，我还有课。”

“这样啊，那我先告辞了，下次我再来拜访。”自称染谷的人离开前的一瞬间，瞪了二吉一眼，二吉假装没注意到。

肯定没错，这家伙就是怪人。

“今天怎么了？真的记得我了吗？”进入教室后，京子询问道。

“抱歉，我是在看了笔记本之后猜测可能是您，就大着胆子试着打了招呼。”

“可那个事件你也记得……”

“说出来真是不好意思，我是不想让太多人知道我有这个病，担心知道的人多了会被卷入犯罪或纠纷之中。”

“别这么说，一般都会这么想。只不过刚刚看你好像记得那个事件，我有点吃惊。”

“我是看笔记本知道的。能请您不要把我的病情告诉染谷先生吗？我不是觉得他是个坏人，只是为了以防万一，希望知道我病情的人越少越好。”

“当然，而且从一开始我就没打算把你的病情告诉给任何人。染谷先生看起来是个好人，但没有经过深入了解，谁也说不好对方到底是什么人。”京子好像突然意识到了什么，询问二吉：“让我知道没问题吗？”

“您这是什么话，我们不是认识好几个月了吗？”

“对，不过，对你来说，我们是初次见面吧？”

“如果我对您有所怀疑，肯定会写在笔记本上，而且，在真正初次见面时，就已经把病情向您说明了吧？”

“是的，可是，你为什么会相信初次见面的我呢？”

“这一点不记得了。”二吉露出微笑。

京子的表情有些为难。

“开玩笑的，啊！不记得是真的，但理由还是可以推测出来的。”

“理由是什么？”

“北条先生，虽然我不记得他是谁了，但根据笔记本上的记述，他是个值得信任的人。他认为您能够信任才介绍给我的，我就是因此相信您的吧。”

“仅凭笔记本上写的内容？”

“仅凭笔记本上写的内容。”

“不可思议。”

“为什么您会觉得不可思议呢？”

“刚刚你说，不希望太多人知道自己的病情。”

“是的。”

“也就是说，你非常小心谨慎。”

“我也这么认为。”

“像你这样的人，会相信笔记本上记录的内容吗？”

“会的。”

“为什么？”

“要是我连笔记本上的内容都不信任，那我这辈子都无法相信任何东西了。”

“抱歉，问了不该问的问题。”京子似乎有些后悔。

“无须道歉，相信这种模棱两可的东西的不只是我，其实所有人都一样。”

“这是什么道理？”

“我是靠记笔记，而其他人是相信自己的记忆，对吗？”

“对，可是记忆和笔记不同……”

“意思是，笔记可以信任？”

“是的。”

“只要不去特意修改笔记本中的内容，它就不会发生改变，对吗？”

“嗯，没错。”

“可记忆又如何呢？是不是不知什么时候就发生了变化？”

“记忆会发生变化？会吗？”

譬如怪人就能篡改记忆。

“老师您写过日记吗？”

“写过，不过最近没有了。”

“有过隔段时间翻看以前日记的时候吗？”

“有过。”

“有没有过看到和记忆中不同的内容，并感到惊讶的时候？”

“经你这么一提醒，好像是有过。”

“这个时候，您会相信记忆还是日记呢？”

京子思考了一会儿，说：“直觉上，感觉自己的记忆是正确的，可冷静下来思考过后，日记才是正确的，对吧？”

“还有，和朋友聊起往事，有没有过信息对不上的时候？”

“偶尔会有，在同学会上怀念学生时代的种种时，在所有人的记忆中，当时都有谁、地点、季节、时间，这些信息都对不上，真的很头疼。”

“人类记忆的可信度原本就很低。因为细节会渐渐消失。就算是正常人，不记得三天前的午饭吃了什么也很平常。记忆不像电影、小说，并不是连贯的，它就像是褪了色的照片和草草写下的文章，是一块块碎片。当人们想要回忆起过去的时候，大脑很难处理这样一堆碎片，所以它会擅自将中间的空隙连接起来，制造出情节……”

啊，我明白了，那家伙的能力或许就是利用了这个特性。之前一直觉得要想在瞬间制造出记忆是不可能的，但如今看来，那家伙只需在人们的记忆中埋下一颗种子，之后受害者的大脑自会生产出符合逻辑的记忆。

那么，播种的方法是什么？用传心术直接输入大脑？不对，只需要植入最低限度的记忆就够了的话，还有更简单的方法，那就是用语言告知。

植入“看见了杀人犯”这个记忆，不需要给对方看影像，只需对那个人说“你就是如此这般，这般如此看到凶手的”就行了。之后受害者会自行脑补凶手的长相以及是如何犯罪的。原本这类视觉和听觉记忆就很难传达给他人，除非对方是画家或从事摄影创作的专业人士等拥有特殊才能的人，所以根本不用担心会出什么岔子。

那家伙能力的特性渐渐浮出水面了。或许并不是什么超自然能力，有没有可能是通过电流、磁力、超声波一类的刺激，让对方陷入特殊状态，然后在那个瞬间说出来的话就会变成新的记忆覆盖之前的记忆？制定出相应的对策也许没有那么难。

“田村先生，你怎么了？”

糟糕，似乎是自己想事情太专注，一直在沉默。

“不好意思，想事情想入神了。”

“是在担心什么吗？”

“这个话题和记忆有关，一不小心就陷入沉思了。毕竟是我最关心的事。”

“抱歉，都怪我说那些有的没的。”

“哪里，没有的事，而且我是在往积极的方向思考，感觉别人靠记忆，我靠记笔记，好像也没有太大差别。只是靠记忆的人比较方便，不需要事无巨细地写下来。”

“是啊，之前都没怎么深入思考过这个问题，也许实际上就是如此。”

针对那个怪人，依赖自己的记忆反而更危险，因为一般人根本不会联想到记忆会被篡改的可能性，处于毫无防备的状态。而写在笔记本中，上面的内容会随时提醒自己，存在着记忆被篡改的危险，所以反而更安全。

二吉得到京子的同意后，在上课前把自己所想写入笔记中。今天见到怪人的记录才得以留存下来。

- 怪人篡改记忆的能力很可能存在限制。
- 怪人好像对说话技巧教室的老师有兴趣。
- 无论如何也要想办法保护老师。
- 和上次不同，这次怪人自称“染谷”，依然是化名。因此，可以认为他不记得我。

回到家后，看了笔记，二吉重新把握了现状。

为什么必须保护北川老师啊？理由没写，没写就证明没有写的必要。迄今为止，应该有很多人成了怪人的牺牲品吧，今后也会有，那为什么必须保护的是这位女性呢？

不过，大概能想到是出于什么理由。但保护这名女性就意味着要与那个怪人交锋。我很清楚这么做会有多危险，但有那个实力可以宣布“必须保护”谁吗？

二吉叹了口气。

我的判断能力应该不会有太大变化，那么“必须保护”的事物就真的必须去保护了吧。烦恼那么多也没用。

二吉闭上眼睛，几秒钟后下定了决心。

我要与怪人战斗。

既然决定了，就写在笔记本上吧，写上“现在，自己正与怪人战斗”。不，“怪人”这个称呼不足以传达这件事的重要性，那家伙的确是只能以“怪人”称呼的存在。但如果不仔细看笔记的话，就无法意识到对方的危险性，有可能会耽误事。那就不用“怪人”，用能直接传达危机感的词比较好。

二吉稍作思考后，在笔记本上写下了这样一句话。

- 现在，自己正在与杀人魔战斗。

# 14

“在说话技巧教室上课”没问题，但“正在与杀人魔战斗”可真是让人吃不消啊。

二吉正在前往教室的途中。

要与那样的对手交锋，我完全没有自信，感觉只要有一丁点疏忽，就会立即遭到反扑。在了解对方的本来面目——不，在已经对其产生怀疑这一点被对方得知的瞬间，我就输定了。真的存在这样一个难以应付的对手吗？

“你好。”一个男人在楼门口主动和二吉打招呼。

是认识的人？难道……二吉全身紧绷起来。不能做出会让对方产生怀疑的举动，冷静，先确认一下对方的身份。

“啊，你好。”二吉故作轻松地回应对方。

接下来尽量不要说话，想办法从对方身上套取情报。

“那个……不好意思，你是叫什么来着？”

糟糕，我之前告诉过他自己的名字吗？笔记本上没写，怎么办，回复得太慢会被他怀疑的。算了，直接说吧。

“敝姓田村。”

仔细想想，就算是普通人，对于有没有说过名字这种小事也不会记得那么清楚吧。

“对，对，田村先生。”

这个人到底是谁？是那个杀人魔吗？是的话，我知道他的名字，可如果不是的话，说出那个名字就会很奇怪。但只要他不是杀人魔，就算叫错名字也不是什么大问题。杀人魔说自己叫什么来着？笔记本上记录的好像是……

“我记得，你是染谷先生吧？”

“是的，我就是染谷，你的记性比我好啊。”

那怎么可能。

现在已经很明确了，眼前的这个人就是拥有特殊能力的杀人魔。不能再继续和他聊下去了，可突然中止谈话又会显得不自然，只能先随便说几句，之后再以自己没时间一类的理由，摆脱他。

“后来警察又问什么了吗？”杀人魔询问道。

他是真的很关心吗？还是想试探我呢？或者只是一时心血来潮，想跟我聊天打发时间？不管他是出于什么目的，我都要作答。

“不，没有。”

“是抓到凶手了吗？”

凶手就在眼前啊，怎么可能抓到了。

“不清楚，报纸和电视好像都没报道。”

他到底想说什么？和我搭话的目的又是什么？

“这样啊，可真是危险啊。”

没有几个人比我现在的处境更危险了吧，眼前有个可以操纵他人记忆的杀人魔，自己还患有记忆障碍类的疾病。而且还绝对不能让对方察觉到。

“是啊，不过凶手的样子已经被看到了，应该很快就会被捕吧？”

“是啊，前几天你也是这么说的。”

啊，我说了同样的话？不过应该没事吧，说同样的话也没什么奇怪的。差不多可以结束了吧。

二吉看了眼手表：“不好意思，我差不多该……”

“最近，北川小姐怎么样？”

北川小姐？那是谁？快想起来啊！怎么办？不说话？还是装作不记得了？选哪个都危险。

“那个……”二吉突然开始咳嗽。

用咳嗽争取时间，在这期间想起来。不，应该不行，那就推理，自己和这个男人都认识的人是谁。

“你还好吧？”

“不好意思，从昨天开始就老咳嗽。”二吉故意对着杀人魔咳。

杀人魔后退了几步。

要让他不想继续和我聊下去了。但也不能惹得他不快，要是让他记恨上自己，很有可能会遭到报复。好难啊。

“不好意思，我时间上要来不及了……”二吉准备直接离开。

“那么，北川小姐最近怎么样？”

还真执着。

“哦，没什么特别的变化。”

“可是你今天还没见到她吧？”

根据这句话可以推测出，她是我今天要见的人，原来如此，那他问的应该就是说话技巧教室的老师。笔记本上有她的名字，但我不可能记住所有的内容。

“对，当然，我说的是上次上课的时候，出什么事了吗？”

杀人魔为什么要询问老师的状况？还是说，他只是随便问问，并没有什么特别的意义？

就在此时，一位女性从公路方向往这边走来。杀人魔站的位置背对着她，所以并没有发觉。

二吉紧张起来。

我认识那位女性吗？认识就必须打招呼，如果杀人魔也认识的话，就麻烦了。不过就算不认识，打个招呼也没什么奇怪的吧？不对，就算不认识，只是点头打招呼的话，根本就不奇怪吧？

“没什么事，只是上次我和北川小姐话说到一半……”

“那有什么话需要我转达给北川老师的吗？”

就在这个时候，那位女性开口道：“是有话要对我说吗？”

二吉感觉自己的心脏都要从嘴里跳出来了。北川老师就是这位女性吗？！

杀人魔回过头：“啊，北川小姐，你来啦！”

糟糕，我之前一直看着北川老师来着，现在要怎么解释为什么没有发现她走近啊。

杀人魔一脸不可思议地看着二吉。

他现在只是觉得惊讶，还没有达到怀疑的程度。但再有几秒，怀疑的念头就会冒出来。一点点猜忌之心都是致命的。

“啊，北川老师。”二吉眯着眼，“不好意思，我的隐形眼镜出了点问题，没看到您。”

“是这样啊。”北川老师的态度很平静。

“前几天我们话说到一半。”杀人魔的注意力转移到了北川老师身上。

“不好意思，今天马上也要上课了。”

“大概几点结束？”杀人魔追问。

“我想想，还有其他学生的课，差不多要五个小时以后了。”

“五个小时啊……”杀人魔仿佛陷入了沉思。

五个小时有什么问题吗？

“那个……”杀人魔向北川老师迈出一步，拉近了距离。

他是打算接触老师的身体吗？

杀人魔看向二吉。

他的对象是我的话，篡改记忆的影响很可能会被消除。但是，我能保护北川老师吗？

“不好意思，上课时间到了，我们可以走了吗？”二吉下定决心开口道。

“欸？哦……”杀人魔好像有些犹豫，是在拟订什么计划吗？

“那我们下次再聊。”北川老师对杀人魔笑了笑，便上了楼。

二吉松了一口气后，追了上去。

# 15

云英漫无目的地走着，当回过神来时，发现自己走到了前几天来过的那栋大楼前，当时他为了排解压力，把一个男人推下楼梯摔死了。

此时正好有个男人要进入大楼。他见过，对，是在杀了那个男人时，自己伪造的目击者之一。一起被伪造成目击者的还有那个女人，那个女人在这里开了间教室，他是那里的学生吗？

那个女人算不上什么美人，不过可以用来打发时间，之前正打算给她植入和我是恋人的记忆时，就是被这家伙打断的。不管了，欺负他打发打发时间也不错。

“你好。”云英主动打招呼。

男人吓了一跳，转过头来。

怎么？胆子这么小？

男人眼神闪躲了一瞬，大概看到是云英，才放下心来，恢复了平时的表情。

“啊，你好。”

这家伙好像有点反应迟钝。他叫什么来着？

“那个……不好意思，你是叫什么来着？”

又呆呆地看着自己了。快给点反应啊，让人烦躁。

"敝姓田村。"

田村啊，是叫这个吗？算了，叫什么都无所谓。

"对，对，田村先生。"

田村又开始呆呆地盯着天空看了。这家伙搞什么？到底想不想聊天啊？还是真的很迟钝？

"我记得，你是染谷先生吧？"

刚才是在想我的名字吗？真是把力气浪费在无聊事上的家伙，想不起来就像我一样直接开口问啊。

"是的，我就是染谷，你的记性比我好啊。"只不过，记性这种东西毫无意义。"后来警察又问什么了吗？"

恐怕毫无进展，不过以防万一还是确认一下。这家伙又开始反应迟钝了。

"不，没有。"

"是抓到凶手了吗？"

要是知道我才是真凶，这家伙肯定会吓破胆吧。要不要干脆告诉他，看看他的反应？之后再消除他的记忆就行了。

"不清楚，报纸和电视好像都没报道。"

"这样啊，可真是危险啊。"

这是个只能聊一些老套话题的男人，大概是不太聪明，连给自己打发时间都不配。

"是啊，不过凶手的样子已经被看到了，应该很快就会被捕吧？"

他之前是不是也是这么说的？语言也太贫乏了吧，他来说话技巧教室上课的目的是什么啊？

"是啊，前几天你也是这么说的。"

田村的眼珠转了一下。

大概是说了两次同样的话，觉得自己搞砸了吧，就是个典型的胆小鬼。

田村突然低头看了一眼手表，说："不好意思，我差不多该……"

大概是和不太熟识的我聊不下去了吧。这个男人已经无所谓了，还是找那个女人吧，今天她会来吗？

"最近，北川小姐怎么样？"

眼珠又转了，这家伙到底在紧张个什么劲啊？问你就快点回答啊。

"那个……"田村突然开始咳嗽。

是真咳嗽？还是为了想出答案争取时间？不用回答得多好，照实回答就行了。

"你还好吧？"

"不好意思，从昨天开始就老咳嗽。"田村开始对着云英的方向咳。

云英后退了几步。

这家伙太没礼貌了，简直是个呆瓜，不爽。

"不好意思，我时间上要来不及了……"田村准备离开。

喂！你还没回答我的问题呢。

"那么，北川小姐最近怎么样？"

田村好像很惊讶地看着自己。喂，自己咳嗽就把别人的问题给忘了吗！

"哦，没什么特别的变化。"

他是在敷衍我。

"可是你今天还没见到她吧？"

田村似乎被吓到了，大概是发现自己敷衍的态度被看穿了吧。

“对，当然，我说的是上次上课的时候，出什么事了吗？”

用问题回答问题吗？真是气人，还是教训教训他吧。不过在这里……

田村又开始呆呆地看着天空了。

“没什么事，只是上次我和北川小姐话说到一半……”

“那有什么话需要我转达给北川老师的吗？”

“是有话要对我说吗？”

云英应声转过头。“啊，北川小姐，你来啦！”

喂！你小子，发什么呆啊？还说什么要转达，你的老师就在眼前啊。这家伙，从一开始就莫名其妙……

“啊，北川老师。”田村眯着眼，“不好意思，我的隐形眼镜出了点问题，没看到您。”

“是这样啊。”京子的态度很平静。

搞什么，这家伙真的是个蠢货啊。不管他了，机会来了。

“前几天我们话说到一半。”云英不再理会田村，转而与京子攀谈起来。

“不好意思，今天马上也要上课了。”

我知道。

“大概几点结束？”云英追问道。

“我想想，还有其他学生的课，差不多要五个小时以后了。”

“五个小时啊……”

要等五个小时太麻烦了，给她植入今天没课的记忆吧。

“那个……”云英往前迈了一步，靠近京子。

此时田村却开口道：“不好意思，上课时间到了，我们可以走了吗？”

“欸？哦……”

对了，还得搞定这家伙。从谁开始呢？等一下，在这里下手可能不太妙，这里是大楼入口，行人可以看得很清楚。之前已经确认过大楼内没有监控摄像头，但入口处或许会被旁边建筑物的监控拍到，还有可能会被别人看到。

“那我们下次再聊。”京子冲云英笑了笑，便上了楼。

田村也跟了上去。

算了，再怎么说我也不可能等五个小时，今天就找别的女人解闷吧。

云英来到街上，开始物色目标。

# 16

要想与杀人魔对抗，还是得有记录设备。照相机、录音设备、摄像机一类的。只不过，最先进的设备操作起来很复杂，当然也有很多老人机，功能很简单，但最初必须有人做某种程度的说明，不然也用不了。以前那种卡带式录音机和拍立得倒是会用，可体积那么大，太引人注目了。

二吉决定先去一趟电器商店，找找有没有不需要说明书就能使用的机型。要是功能比较简单的，应该能搞懂怎么录像，但要想取出里面的数据，就必须看说明书了，而且处理数据的前提是要有电脑。

虽然有人说智能小电器凭感觉就能使用，但对没有记忆的二吉来说，还是很难掌握。要么就选择相信程序性记忆，每天进行特训。

“您好。”二吉询问电器商店的店员，“这台摄像机，需要用到电脑吗？”

“不是绝对的，只是有电脑会更方便些。”

“没有的话要怎么用呢？”

“机器本身可以存储一定量的视频数据，不过最好还是转存到电脑中。”

"没有电脑也能轻松学会怎么用，是吧？"

"是的，不过还是有电脑更方便。"

"对于从来没用过电脑的人来说，简单吗？"

"还是有电脑更简单，而且最近的电脑越来越容易上手了，两天时间就能熟练掌握。"

"有没有几分钟就能熟练掌握的电脑？"

"那就不是电脑型号的问题了，要看操作系统。如果从来没用过，我觉得至少需要两个小时。"

想要熟练掌握电脑需要花两三个小时，那二吉永远也做不到了。

"您身边有人家里有电脑吗？"

不知道谁有电脑。说起来，笔记上写着，说话技巧教室的课上会用到电脑，那教室的老师应该会用吧。不过对二吉来说，每次都相当于与老师初次见面，他无法判断这样的事能否拜托人家。

"没有。"

"初期设定要花些时间。"

"初期设定？"

"类似为了让电脑进入可以使用的状态而需要做的准备。"

"那需要花多长时间呢？"

"这就要看设定的内容了，要两三个小时吧。"

"两三个小时！"二吉的嗓门都不禁变高了，并有些头晕目眩。

"您没事吧？"店员关切地问道。

谁都能做到的事，我却做不到。

"关于那个设定，看说明书的话，谁都能弄吗？"

“我认为是的。”

“刚接触电脑的人也行？”

“嗯——这个说不好。”

“有没有能代替电脑的东西？”

“现在的话，就是手机了。”

“手机？”

“智能手机。”

“是指电话吗？”

“移动电话。”

原来如此，现在管移动电话叫智能手机啊。

“手机可以代替电脑，是吧？”

“严格来说，是拥有一部分功能。”

“也就是说，照相机的数据可以用手机处理，对吧？”

“可以是可以，不过一般不会那么做。”

“为什么？”

“因为手机基本都带拍照功能。”

原来如此，那应该直接买手机。

“能让我看看吗？”

“好的。”

来到手机柜台，二吉向店员请教了使用方法。

使用方法的确很简单，但在没有人教的情况下，想要几分钟之内学会很难。通用机的功能很多，因此启动时要进行大量的选择。在忘记使用方法的状态下，看到画面上那么多图标，根本不知道该点哪个才好。

“可以把图标的数量减到最少吗？”

“可以，不过那样用起来就不方便了。”

“只要能用照相功能就行。”

“那我还是推荐您购买相机。”

感觉是在兜圈子，不过我的日常原本就是兜圈子吧。

“可是，没有电脑的话，使用相机也会不方便吧？”

“那也比只留下照相功能的手机要强得多。”

是这样吗？

“当然，还是用电脑管理数码相机的数据比较方便。”店员进一步解释道。

“可我从来没用过电脑。”二吉有些不耐烦了。

“就算是刚接触电脑的人，一天也能熟练掌握。”

“那譬如……”

说顺行性遗忘症店员是不会明白的吧。

“患有阿茨海默症的人，能掌握吗？”二吉想到了一个容易理解的例子。

“患有阿茨海默症的人吗……”店员交叉双臂，“或许有点难，不过得了这种病的人，会用到电脑吗？”

“要用到。”

“是出于什么理由呢？”

为了与杀人魔战斗。

“他对摄影感兴趣，之前的傻瓜相机坏了，想改用数码的。”二吉临时编了个理由。

“这样如何，只让他学习使用相机，电脑操作这方面让其他人来做。打印照片不需要亲力亲为吧，而且使用数码相机的人很少会把照片冲洗出来。”

“他有自己的坚持，不想交给别人做。”

“患有阿尔茨海默症的人吗？”

“是的。”

店员挠着头陷入沉思，说：“在电脑桌面上贴个如何处理数据的说明怎么样？”

“可以吗？”

“当然。”

“店里可以帮忙做这件事吗？”

“我们没有这样的服务。”

“不行吗……”二吉的肩膀垂了下去。

“不过我们有电脑设置服务，到时候可以顺便帮忙弄一下。”

“什么？您这里有电脑设置服务吗？”

有希望了。

“是的，就是要收取一定费用。”

“是在这里吗？还是在用户家里呢？”

“都可以。”

在这里完成设置后，回到家也不知道自己还会不会用，考虑到这一点，还是让人到家里设置比较好。不过，让外人进入家中也有一定的风险。

“那麻烦在这里设置吧，包括刚刚说的那个电脑桌面的说明。”

“那您想要哪款呢？”

“能和数码相机连接的都行。”

“都可以连的。”

“那就要畅销的吧。”

畅销款也是最普及的产品，应该最普通，就算遇到什么问题，也方便问别人。

“数码相机您要哪款？”

“要老年人也能用的、比较简单的那种。”

“但也要考虑画质的吧？”

“对画质没有要求。”

“可您刚刚不是说，那个人对这个兴趣很讲究吗？”

“讲究的不是画质，而是题材。”

“患有阿茨海默症的人吗？”

“对。”

店员再次感到不解。

自己编的故事是不是太离谱了？应该提前准备一个更合理的说辞。

“记忆维持不了多久的话，这个机型如何？”旁边突然出现一位老人。

这个人也是店员吗？一直为自己讲解的店员此时正一脸惊愕地看着老人。

“打开液晶画面，菜单就会自动出现，就不需要看操作指南了。”老人自信满满地介绍起来。

“不好意思，请问您是？”店员怯生生地询问老人。

“哦，我只是路过的好心人。”

“也就是客人，对吧？”

“不是，我不买东西，不是客人。”

“可是也有可能会买吧？”

“不，”老人斩钉截铁地摇头，“我什么都不打算买，就只是看看。”

“即便您不打算买东西，客人就是客人。”

“是吗？那我是客人，名副其实的只看不买的客人。”

“老先生，我现在正在接待这位客人……”

“这还用你说吗？我看见了。”

“所以，能请您稍等一下吗？给这位客人解释完之后，我就招呼您。”

“我不需要你招呼。”

“那您有什么需要吗？”

“我只是想给这个人介绍相机和电脑。”

“这个……我们会为客人介绍……”

“什么？你们这里不允许客人为其他客人介绍吗？”

“不，当然不是这个意思……”

“那就闭嘴。”

“不过，我们能够更准确地为客人介绍——”

“什么？这话我可不能当没听见。”老人拿起一台数码相机，“这台相机的像素是多少？镜头的焦距是多少？F 值[①] 呢？变焦倍率？ISO 感光度[②] ？动画的帧速率又是多少？”

“请稍等。”店员拿出商品目录。

“不用看了。”老人如数家珍般说出商品的规格参数。

“您是预先背下了这个型号的参数吧？”

“那好，你随便选一台数码相机，也可以选其他的，手机、台式电脑、平板电脑，都行。”

店员连着指了两三台，老人均对答如流。

店员的脸色都变了。“我明白了，那等您选好了，再叫我吧。”说完便离开了。

“好，碍事的家伙走了。”老人笑了笑。

“不好意思，请问我们认识吗？”

---

①镜头光圈的值，F= 镜头焦距 / 镜头有效口径（直径）。

②底片对于光的灵敏程度。

“不要在意这一点。”

“可是，一个陌生人来为我介绍电器，有点……”

“觉得奇怪？”

“嗯，是有点。”

“不要在意，这是我的兴趣。”

“兴趣？”

“我的兴趣就是帮助遇到困难的人。我还可以帮你设置电脑。”

“谢谢。不过，至少让我知道您的尊姓大名吧？”

“小事，没必要自报家门，你就叫我老德吧。”

老德开始滔滔不绝地介绍起他推荐的机型。

# 17

原来如此，数码相机还可以拍视频啊。二吉看着电脑桌面上的说明书，摆弄着手上的相机。

的确很简单，不过，不看说明书的话，能操作吗？笔记本上也写了使用方法，可关键时刻能有时间看吗？使用方法就是打开电源，没有“拍照”选项，只要按下“视频”键就行了，应该不会不知道使用方法。但现在清清楚楚，也有可能是因为看了说明，应该确认一下不看说明的话能不能操作。记在笔记本上吧。

二吉打开笔记本有字的最后一页。

- 在不看说明的情况下，练习使用数码相机。

已经写过了。那测试结果是什么？上面记录着几十个日期，每个日期后面都画着〇或×。差不多有八成的成功率，失败的次数也不少。

不过可以看出，最近失败的次数变少了，也就是说，这个程序性记忆已经慢慢趋于稳定。如果真是这样的话，就有把握多了。首先要做的，是用这个拍下杀人魔的面部照片。要怎样才能拍到呢？

不好意思，我正在练习拍摄人物，可以给你拍照吗？

这样的请求是不是太奇怪了？要是有人对我这么说，我肯定会提高警惕，直觉认为对方肯定是要拿自己的照片去做坏事。

那就偷拍？譬如打开摄像功能，挂在脖子上，或许能拍到对方的脸，可还是有点不自然。

那家伙可以篡改他人的记忆，但应该无法篡改视频等物理性的记录，他知道自己能力的局限性，所以肯定会特别注意相机一类的东西。一旦发现我带着相机，他的注意力就会集中在相机上。

最主要的是，根本不知道什么时候才会再遇到他，就算见到了，还必须先确认是不是他。确认身份后再取出相机，也要找个理由才能进行拍摄。即便现在设想当时的场景，进行情景模拟练习，当实际遇到的时候也都忘了吧。

好，练习，每天都进行情景模拟，设想突然遇到那家伙时怎么才能拍到他的照片。不依赖笔记本，每天练习的话，身体或许就能记住随机应变的方法了。

- 每天设想突然遇到杀人魔的场景，进行模拟演练，摸索拍摄方法。

这个也写上过了，也就是说，这个习惯已经养成了吗？不管了，先来情景模拟吧。

会在哪里遇到那家伙呢？有可能会在街上突然遇到，那样的话就必须是对方先来搭话，否则自己是不会发现的。除非在说话技巧教室所在的大楼，或是那附近，才有可能主动察觉到对方。

因为自己不记得对方的样子，只能凭借笔记本上的描写进行判断。不过有很多人记不住别人的长相，偶遇熟人也不会发觉，所以就算没发现也正常吧。

如果对方主动打招呼，那毫无疑问就是他。就怕到时候自己忘了杀人魔这件事，要是刚看完笔记，肯定能联想到对方的身份，不然的话，很可能连杀人魔的存在都不记得。

不过自己不可能没看笔记就出门，就算真的在那种情况下出门，也不会那么巧，去的就是说话技巧教室所在的大楼，那是不可能发生的奇迹，所以无须考虑这种状况。

那么，见到那家伙之后就把相机取出来？不对，应该先闲聊几句，相互打个招呼。

我先搭话："又见面了。"

"你好，今天也有课吗？"

"是啊。"

"后来警察又联系你了吗？"

这是我们之间的共同话题，并不会显得不自然，毕竟我目睹了杀人现场。

"没有，我想应该不会再联系了。"

"为什么？"

"这么长时间了都没有新证据出现，这么说是有些对不起被害人，不过警方还要处理不断发生的新案子，不可能一直查这一件案了吧？"

"的确有这个可能。"

听到我这么说，杀人魔肯定松了一口气吧，不过他肯定不会表现在脸上。

"哦，对了。"

突然改变话题，表现得就好像刚刚才想起来似的，从包里把数码相机拿出来。

“能麻烦你在这里帮我拍张照片吗？”

“什么照片？”

“贴在简历上的。说起来有些难以启齿，我现在没工作。”

从工作日的白天来说话技巧教室上课也能猜出我没工作吧，当然，杀人魔也是一样。

“这样啊，不过，你真的要在这里拍吗？”

“那边的墙是白色的，也干净，可以帮我在那里拍一张吗？”

“当然可以。”

有可能会痛快答应吧，如果不成功，就必须想别的方法。

我把相机交给杀人魔，正对着他站在墙那里。这个时候他应该没什么戒心，会自然地把手指放在快门键上。

“啊，请稍等一下，我能先确认一下相机的设置吗？”我从杀人魔手上接过相机，面向墙的方向，“之前就失败过，清晰度有点问题。”

“哦，有时候是会这样。”

我一边摆弄着相机，一边很自然地说：“不好意思，镜头里没有人的话不知道效果怎么样，能麻烦你站到墙那边吗？”

这个流程一定要快，给对方留下思考的时间就会失败，要非常自然地让对方站到墙那里。

杀人魔会说：“我来设置吧。”

必须设想到对方有可能会有点抵触。

“不行，这个按钮有点毛病，只能我来，别人用起来费劲。”

“毛病？”

“前几天摔了一下，后来就不好用了。可以麻烦你吗？”

我主动走过去，绕到杀人魔的正面，自顾自地按下快门。

杀人魔会说：“啊！”

“拍出来的效果很好，能麻烦你帮我拍吗？”

杀人魔一把抢过相机。

“不用这么着急。”

杀人魔会说：“我要把刚才的照片删掉。”

“咦？”

“你刚刚拍我了吧？”

“嗯，不按下快门不知道设置好没有。”

“你不需要我的照片吧？”

“不需要，不过也可以留作纪念吧？”

“纪念什么？”

“也不是纪念日什么的，就是在偶然的机会下拍到的那种。”

“也就是没用了吧。”

“等洗出来我送给你。”

“不需要，我删了。”

“哦，好吧。”

杀人魔删掉照片。

“那个，可以帮我拍照了吗？”

“啊？哦，这里行吗？”杀人魔会表现得不耐烦。

“拜托了。”

杀人魔会敷衍地按下快门。

“谢谢。”我在道谢的同时接过相机，“那么，我先告辞了。”

照片被删也没问题，按下快门是为了吸引对方的注意，其实真正的目的是拍下视频。从包里把相机取出来的时候，我就已经按下了视频按钮。往外拿的时候捕捉对方的脸，之后再以给对方拍照为由按下停止键。

如果不拍照，对方就有可能发觉相机正在录像，可一旦听到拍照的快门声，对方的注意力就会完全放在照片上。对方为了优先删掉照片，很大概率不会注意到相机正在拍摄视频。就算注意到了，只要解释说是不小心碰到开关的就好。待对方删掉照片后，立即要求给自己拍照，他就没时间检查视频了。

当然，不可能一切都那么顺利，临场一定要随机应变。最糟糕的情况是杀人魔发觉了我的意图。可是，不冒风险就不可能成功，首先要做的就是拍下照片，创造随时可以参照对方长相的条件，这才只是第一步。

这次情景模拟就结束了，实操的机会不知道什么时候会来，总之先做好准备吧。

二吉开始检查相机内保存的照片和视频文件。

哦，已经试着拍过很多次了。里面有室内的照片、窗外的风景，还有二吉自己的照片。这是有人帮忙拍的吗？还是用三脚架拍的？

二吉环顾屋内，并没有发现类似三脚架的东西。

会是谁帮忙拍的呢？我会拜托谁？有关系这么亲密的人吗？而且这是在哪里拍的啊？没见过这个地方，当然，没见过也正常，老实说，就连现在所处的这个房间我也不认识。

还有视频文件。二吉点开视频。

“可以用这个帮我拍张照片吗？”是自己的声音。

开头画面是黑的，突然就亮了。是某个建筑物的天花板，材质是混凝土。

“照片吗？”没听过的声音。

画面开始晃动，就好像忘记已按下录像按钮，挥动着相机拍下来的。时不时会看到人，一个人是二吉自己，另一个好像是位男性，画面晃得太厉害，看不清那个人的长相。

“是的，贴在简历上。说起来有些难以启齿，我现在没工作。能麻烦你帮我拍一下吗？”

“你没有三脚架吗？”

“没有。不能帮忙吗？”

“也不是不行……好吧。”

“是有什么不想帮忙拍的理由吗？”

“没有……那就拍吧？”

“谢谢，那边那堵墙相较之下干净一些，请帮我在那里拍吧。”

画面中有墙壁一闪而过，并不干净。

“那把相机给我……”

“我先确认一下设置。”

“设置？”

“嗯，之前设置错了，拍出来的效果怪怪的。不好意思，镜头里没有人的话不知道效果怎么样，能麻烦你站到墙那边吗？”

“不要。”

“欸？”

“我不想被拍，一点也不想。”

“别这么说嘛。”

画面快速移动，镜头中央出现了男人，持续了 秒，传来按下快门的声音。接着就看到男人脸色大变，朝这边逼近。

视频到这里就突然结束了。也就是说，自己已经成功拍下了那家伙的样子。视频中拍到的男人是不是那个杀人魔呢？从对方极其抵触被拍来看，应该是他没错了。

按照电脑桌面上的说明书，二吉将视频数据慎重地保存在了电脑上。接下来就是要提取视频中的画面，清楚拍到了男人面部的镜头只有几秒。二吉看着说明书，一帧一帧地播放视频，在面部清楚的画面暂停，调整到小一点的尺寸打印出来。接着继续播放，又打印了几张，选的尽量都是不同的表情。然后剪下来，贴到笔记本上。这样一来，自己就随时都能知道杀人魔的长相了。

对了，把那个叫北川老师的人的照片也贴上吧，老师知道我的病情，应该会让我拍照吧。

接下来该怎么做？我必须和那家伙战斗，但不是指使用暴力。那家伙的武器是一种可以称之为“超能力”的能力，能够篡改他人的记忆，要想与一个超能力者战斗，最好自己也使用超能力。但遗憾的是，我并没有什么超能力，更糟糕的是，我还有病，连一般人都不如。

那能仰仗的就只有智慧和决心了。我的智慧和决心能战胜杀人魔的超能力吗？

对方是杀人魔，且能自如运用他的能力，可见他拥有相应的智慧。强大的能力会带给他足够的自信，但同时，也极有可能让他粗心大意。那家伙肯定看不起除了自己以外的人，正因如此，才会满不在乎地践踏他人的尊严和生命。如果想获胜，就必须利用他的粗心大意。

总之，现在能做的就是积极做准备，但我永远无法做好心理上的准备。因为在我的日常生活中，一旦注意力被其他事情吸引，甚至会彻底忘记还有个杀人魔存在。而且，在看到笔记本中记录的这部分内容前，是不可能想得起来的。

不，不是“想起来”，而是重新“得知”。每阅读一次笔记本上的内容，我都会重新得知身边存在拥有超能力的杀人魔这一威胁，因此，我无法做好心理准备。只能把与这家伙有关的信息整理到笔记本上，让自己尽快掌握情况。而且这件事绝不能让那家伙知晓，总结得越是简单明了，在笔记本被看到时，对方察觉自己正在收集关于他的信息的可能性就越高。但这也是没办法的事，只能祈祷在这次对决中，好运会站在自己这边了。

# 18

是吗，我在说话技巧教室上课吗?

二吉看着笔记本上的地图，朝着教室所在的大楼进发。

看着北川老师的照片，我明白要冒风险去教室上课的理由了。

“你好，田村先生，好久不见。”一个不认识的男人主动来打招呼。

“啊，你好。”

这个人好像认识我，他知道我的病情吗?如果不知道，就是我故意没告诉他，所以还是不要让他知道比较好。那么，他到底知不知道呢?

“今天带相机了吗?”

相机?说起来，我背着包，相机在包里?

“嗯——我也不知道。”

“前几天你突然拍我，吓我一跳。”

拍了这个男人的照片?为什么?我有些忐忑不安。

“请稍等一下。”二吉摘下包。

在包里摸索的同时把笔记本放进包里，在里面翻开看。拍下这个男人的照片肯定有某种意义，有一页上贴着眼前这个男人的照片。

- 注意！有生命危险！
- 他自称“染谷”。
- 如果不知道关于这家伙的事，尽量不要和他扯上关系。
- 详细内容参照第二十七页。

一股冲动驱使着二吉想马上翻开第二十七页，熟读上面的内容，但直觉告诉他，笔记本上的内容要是被“染谷”发现，会对自己非常不利，所以现在不能看。包里的确有数码相机，但还是不要告诉对方比较好。而且不知道为什么，相机收在书包底部附近、一个貌似是从背后掏出来的呈口袋状的兜里。

“包里太乱了，我也不知道带没带，你想用吗？”

“不是，我没说让你给我拍照，只是担心你又像上次一样突然拍照，很吓人的。”

因为拍照这件事，自己和这个男人之间发生了不愉快吗？而且还是在明知这个男人是危险人物的情况下，拍下了他的照片。也就是说，没有他的照片的话，会更加危险，看来这个男人是真的很危险啊。但他搭话时表现得很亲密，他还不知道我已经察觉到他的危险性了？或者是……

光是想想就觉得很恐怖，这个男人也许知道自己患有顺行性遗忘症。如果真是这样，就无计可施了。但并没有根据证明，还是应该以他不知道为前提采取行动。

男人靠近二吉。

他要干什么？二吉很紧张。眼前的男人很危险，这是毫无疑问的，但具体是怎么个危险法呢？会突然掏出刀或者枪攻击别人吗？还是精通格斗技巧，可以轻松夺取他人性命？

或许应该马上逃离，但逃跑会让对方产生怀疑。笔记本上应该记录着判断其危险性所必需的根据，但眼下看笔记本风险又太大了，思来想去，还是只能做出普通的反应。就算他会采取某种手段攻击，只要提前预测到，或许还是能逃脱的。也只好如此了。

“照片的事我没往心里去，不过你今后要注意啊。”说着，男人把手放在二吉的肩膀上。

二吉全身紧绷，极度紧张，但总算掩饰住了，没有表现出来。

感觉有一瞬间意识突然消失了，是遭到什么攻击了吗？还是自己的错觉？不对，刚刚这个男人对我说了什么。

“把给我拍过照片的事忘掉，把我为此而生气的事也忘掉。”

不是很清晰，有些模糊。但原本二吉就不记得自己给这个男人拍过照片，原本就不存在的记忆自然也无法忘记，所以，对方下达了这样的指令，对二吉来说毫无意义。

不过，这个男人是认真的吗？感觉正常人不会这么说。如果他精神正常呢？莫非他能随心所欲地消除他人的记忆？笔记本第二十七页上也许详细记录着这个男人的能力，但不可能现在去确认。

倘若他真的拥有那样的能力，的确很危险，要是巧妙利用，能做多少事情啊！幸运的是，这个能力对我几乎没有任何意义，这家伙遇到我还真是不幸。不过，对我来说却是幸运的。

被这个能力消除记忆的普通人会连同指令一同忘记吧，但由于对我无效，指令本身便保留了下来。而且，通过这件事，还让我得知了一个有利情报，他会对我使用“超能力”，证明他还不知道我患有顺行性遗忘症，在他看来，之前我拍下他的照片只是一个偶然。

既然如此，应该好好利用这一点，今后干脆把已经拍下这家伙照片的事忘掉，就当这件事没发生过比较好。

二吉发现“染谷”正直勾勾地盯着自己。

是在看我的反应吗？该说些什么？照片的事已经从记忆中消除了，不能提照片。可刚刚就在说照片的话题啊，突然说别的话题会显得不自然。糟糕，不了解能力特性的话，都不知道怎么表现出假装中招的样子。

“那个……刚刚我们在谈论什么来着？”二吉把手放在额头上。

这样的反应可以吗？能蒙混过关吗？

男人没有任何表情。

我失败了？

男人再次把手放在二吉的肩膀上。

意识再次变得模糊。

“刚刚我们在聊天气，最近一直是晴天。”

感觉远处传来男人的声音。

怎么回事？这个男人的能力不单单是消除记忆吗？真是太可怕了，如他所说，二人之前在讨论天气的记忆突然在脑海中涌现，当然，不是多么具体的记忆，也没有基于五感的实际体验，就只是单纯留有“之前在谈论天气”这一事实印象。但只要试图回忆这段记忆，细节就会自然而然地填补上。如果自己没有发觉这个男人的能力，肯定会对这个虚假的记忆信以为真吧。因为一般来说，人们不会怀疑自己的记忆，如果出现小矛盾，大脑也会自动修正，让事情变得合理。

换句话说，牺牲者的大脑会成为他的帮凶。但相对的，在得知这个能力存在的瞬间，几乎就能让这家伙的能力失效。一旦不再相信自己的记忆，人们就会寻求客观证据，如此一来，这个能力就会露出马脚。

问题是，有办法让人们都认识到这家伙的能力吗？就算有笔记本作为依据，声称这家伙是个邪恶的超能力者，最终也只会以被大家嘲笑是在胡思乱想而告终吧，而且会成为邪恶超能力者的目标。我的记忆虽然无法篡改，但只要篡改身边人的记忆，就可以进行陷害。或者干脆采取极端手段把我杀了，反正他能脱罪。

无论如何，要想反击，走每一步都必须相当慎重。

“对了，对了，我们聊天气来着，说最近一直是晴天。”二吉的语气听起来就像是刚刚才想起来。

“好几天没下雨了啊。”

糟糕，完全不记得。不过仔细一想，一般谁都不会去注意什么天气持续了几天吧。

“不记得了，有两三周了吧？”

“差不多。”

他好像也不太记得了。

“那我差不多该告辞……”二吉想要离开。

“啊，今天北川老师……”邪恶超能力者想要说什么。

就在此时，从邪恶超能力者身后走来一个年轻人，经过时撞到了他的肩膀。

“哦！”

两人撞到一起时的力气感觉不太大，“染谷”却表现得相当痛苦。或许是因为戴着耳机，年轻人并没有发现这边的状况，径直向前走去。

自称“染谷”的男人眼看着换上愤怒的表情。

“喂！站住！”

年轻人没有反应。

“王八蛋！！”染谷追了上去。

看来他抑制不住愤怒的情绪，是原本就是这样的性格吗？还是因为拥有超能力，才变成了这种性格呢？

普通人的话，成年前无法抑制愤怒，自然会有人教他做人，让他受些教训。但也有人不懂得从中吸取教训，到了社会上就会成为无法适应社会的人。

如果拥有可以篡改他人记忆、让一切按照自己的想法发展的能力，就算不去学着控制情绪，也不会有什么损失。那么，他就没有必要去学习如何控制愤怒了。

染谷二话不说，给了年轻人一脚。年轻人身体前倾，双手撑地。由于事发突然，不明就里的年轻人愣在当场。

“人渣！人渣！人渣！”染谷一脚一脚踹着年轻人的屁股。

年轻人好像终于明白过来是怎么回事，回过头看着染谷的脸。

“你干什么？”

“是你的错！去死吧！”说着，染谷用力踩向年轻人的头。

年轻人的脸上出血了。

“染谷先生，请冷静。”二吉上前阻止。

不能放任他使用暴力。

邪恶超能力者瞪了二吉一眼。

糟糕，太冒失了吗？他好像迁怒于我了。

“你刚刚也看见了吧？！”染谷怒吼着。

“是的，看见了，他好像撞了你的肩膀。”

“是他不对，难道不该被踢吗！”

“他也不是故意的，提醒一下就行了吧？”

“那怎么解气！”

“可他也不是什么坏人……”

邪恶超能力者扶着二吉的肩膀。

意识消失了一瞬间。“年轻人对邪恶超能力者动用了严重的暴力”这一事实在脑海中浮现，影像也随之出现。

记忆又被篡改了，这家伙想通过植入虚假的记忆，让他的不正当暴力行为变得合法化。该怎么办？应该阻止他吧？但如果不记得这个年轻人的“暴力行为”，超能力对我无效这件事就会暴露，那样就糟糕了。毕竟他可以操纵其他人的记忆，有很多种方法陷害我。不管这个年轻人，让染谷为所欲为？为了自身安危，应该这么做，但……

“染谷先生，算了吧。”

“你不是也看见了吗！是这家伙先动手打我的！”

“所以我才要阻止你啊，对这样的人使用暴力，之后会吃苦头的。”

“之后？”

“他会报复啊。”

“报复？”男人俯视着年轻人，“这个废物？”

“就是这个‘废物’刚才打了你啊。”

“哦，怎么说呢，就算对方是废物，突然遭到袭击也不可能马上做出反应，所以我才会被他打。”

“你认识这个人吗？”

“不认识。”

“那就奇怪了，那他为什么要打你呢？”

男人盯着二吉的脸。

嗯？自己说了什么不该说的话吗？

男人想要碰二吉的肩膀，二吉反射性地向后仰。

这下更糟糕了，因为害怕再次被篡改记忆，身体反射性地躲开了，这样或许会让他起疑。

“怎么了？怕什么？”

“我还以为你要连我一起打呢，你现在很激动。”

“没有啊，我很冷静，是你太胆小了吧？”男人朝二吉的肩膀伸出手。

再逃肯定会被怀疑，二吉下定决心不再躲闪。

“对，我和这小子认识，他想要流氓的时候被我抓到，送到了警察那里，就被他记恨上了，之前还一直被他跟踪。”

他刚刚说的话被替换了。

这家伙，为了这么点小事就操纵他人的记忆？要是不了解情况的人，记忆像这样被多次篡改，肯定会陷入混乱。

“那我们报警吧。既然警方那里有染谷先生抓过他的记录，那他的动机也就很清楚了。为了避免再次遭到报复，还是报警比较好。”

虽然被警察抓起来很惨，但总比一直被殴打要好。恐怕这个男人不会手下留情。

“报警啊。”染谷陷入沉思。

应该是在心里衡量让警察介入的情况吧。

“还是不要了。”

让警察逮捕年轻人，应该足以泄愤了，但也存在很高的风险。要想让一切变得合理，就必须篡改很多人的记忆，所以他选择自己来制裁，因为这样只需修改少数人的记忆。年轻人很危险，必须阻止事情发展成最糟糕的样子。

想到此，二吉提议：“那就放了他吧。”

“为什么？”

“因为只能这么做了啊？要么报警，要么放了他，除此之外还有别的方法吗？”

“私人制裁。”

“那怎么行？你会被逮捕的。”

拥有超能力的怪人摸着下巴。“我会被逮捕？”

“是啊，就算是为了复仇，暴力也是犯罪。”

“你打算举报我吗？”怪人瞪着二吉。

二吉感到后背一阵发凉，对方的眼神仿佛在说：“杀了你。”

“不会，我怎么会那么做呢？可是，我还是不同意私刑。”

怪人再次伸手想要碰触二吉的肩膀。还来？二吉都烦了。

但怪人又突然放下了胳膊。“不是私刑，是和解。”

“和解？”

“和他协商，和解。”

“要是谈不拢呢？”

“再把他送去警察局。”

和解不是坏事，年轻人虽然会失去一些金钱，但至少能保住性命。真倒霉啊，可也只能妥协，毕竟对方不好对付。

年轻人眼神惊恐地看着二人。

趁现在快逃啊！二吉在心中大喊，年轻人却听不到。

怪人压低身子，用手碰着年轻人的后背，低声说了些什么。真可怜，记忆被篡改了吧。

年轻人点了点头后，站了起来。

怪人问年轻人：“选个地方吧，你和谁住在一起？”

“我一个人住。”

“是单身公寓什么的吗？”

“是学生公寓。”

“什么啊，住宿生吗。”怪人不耐烦地咂了下嘴，“还有其他合适的地方吗？要尽可能安静的地方。”

“我父母有栋别墅，现在没人住。”

“别墅？这个好，离这里远吗？”

“坐电车一个半小时能到。”

“那就更好了，现在就去。”

情况不妙，不能让怪人和年轻人独处。

二吉赶紧说：“我也一起去。”

恐怕途中记忆就会中断，只能找机会看笔记本了。

“你也要来？为什么？”怪人询问二吉。

“因为只有你们两个人我会担心啊。”

“担心？”

“担心这个人会对你使用暴力。”

“这小子对我使用暴力？哦，暴力啊，对。”

怪人忘记自己修改过二吉的记忆了，也就是说，他并不是无懈可击的。

怪人又思考了一会儿。“也好，让你看着他似乎也不错。”怪人抓着二吉的手肘。

自己也遭到这个年轻人殴打的记忆突然出现。

“你也被打得很惨，所以绝对不能让他跑了。我会晚点过去，喂，小子，把你的手机号码告诉我。”

年轻人把手机号码说了出来。

二吉暗暗记住，并想着要尽快写下来。“那我去告诉老师一声，今天请假。”

“等一下，没必要特意去请假吧？”

“可是，今天有课。”

“好吧，不过不用说得太详细，就说有事要请假就行了。”

怪人从刚才开始就在用命令的口气说话，因为平时总命令别人，已经习惯了吧。要是纠结这点，惹毛了他，对自己可没有任何好处，如今也只能服从了。不过幸运的是，总算有借口能暂时远离他。

二吉走到怪人看不到的地方后，拿出笔记本奋笔疾书，之后朝着教室走去。

“你好。”京子出来迎接。

原来如此，真人比照片给人的感觉还要好。

“抱歉，今天我不能上课了。”

“出什么事了吗？”

“刚刚我在附近遇到了染谷先生……”

“染谷先生？那个染谷先生吗？”

“大概，我想应该是的。”

“好厉害啊，你记得他啊。”

“也不是，是他主动和我打招呼。”

“这样啊。你回应他了，对吗？”

“是的，不过，在我们交谈的过程中，出了点意外……”

“怎么了？”

该怎么说？怪人让我别说，却没有抹消发生冲突这件事的记忆，也就是说，存在我会说漏嘴的可能性，那就利用这一点吧。

“染谷先生和路过的人撞了一下，两个人吵起来了。”

“哎呀，受伤了吗？”

“染谷先生没有，那个人受了点伤。”

“哎呀！染谷先生打了那个人吗？他看起来不像那种人啊。”

“不知怎么就变成那样了。”

根据怪人植入的记忆，是年轻人先使用了暴力，才会发展成那样，但没必要告诉她。

“报警了吗？”

“没有，他们决定协商解决。不过我感觉不能让那两个人独处，所以决定也跟着去。”

“可是这样没问题吗？你不是……”京子欲言又止。

“没问题，也不是什么复杂的事。事情就是这样，我今天要请假。”

“要不我也去吧？”

啊啊，老师，千万不要啊。

“不用了，没事的，要是事情变复杂了，我就报警。”

“那你记得一定要写在笔记本上。”

“嗯，放心吧。”二吉露出了微笑。

# 19

“逃吧。”二吉在电车门关上的同时对年轻人说道，“那个人说稍后才会来，没必要老老实实等着他，随便找一站下车，逃吧。”

“可是，还没和解呢。”

“和解？什么和解？”

“我打了那个人。”

“你真的觉得自己打过他？”

“嗯，我的确记得自己打了他。”

“我没看到啊。”

“是真的。”年轻人呆呆地回答道。

“你叫什么名字来着？”

“我叫古田隆一。”

“古田先生，你只是自认为对那个人使用了暴力，实际上你什么都没做过。”

“嗯……迄今为止，我的确没对别人动过粗……”

“看吧。”

“可是，我清楚记得，自己狠狠揍了染谷先生一顿。”

“那是你的错觉。”

“你为什么能这么肯定？我可是记得清清楚楚啊。”

如果告诉他，那家伙可以操纵别人的记忆，估计结果就是不管我说什么他都不会相信了。必须拿出证据才能让他相信，要是有摄像机一类的就好了。等一下，该不会我身上带着？

二吉在包里翻找着，在包的底部发现了一个奇怪的口袋，相机就放在里面。

原来如此，我为了拍下证据，一直带在身上吗。希望下次有取证机会的时候自己能记得。

古田询问二吉：“你怎么了？”

“啊，想起点事。你说你打了那个人？”

“对，没错。”

“你为什么要打他？”

“嗯……”古田红着脸，“说起来真是丢人，我要猥亵别人的时候被染谷先生发现，然后我就记恨上他了。”

“你以前干过那种事吗？”

“没有。”

“那你那个时候为什么会那么做呢？”

古田歪着头，道：“不知道，只能说是一时鬼迷心窍了。”

“还记得是出于什么理由吗？”

“这种事不需要理由吧，就是一时冲动。”

“自己做的事自己都不清楚理由吗？”

“真的很丢人……”古田的脸更红了。

他好像真的觉得很丢人，可怜啊。

“有证据证明你曾想猥亵别人吗？”

“什么意思？我本人都承认了，这就是证据。”

“我是想问，你想猥亵别人，然后被那个人抓到这件事，有没有证据。”

“我听不明白。”

“那你想猥亵的对象是谁？”

“嗯……”

“不记得了吧？”

“啊，肯定是女大学生，对，是女大学生。”

“你怎么知道对方是女大学生呢？”

“嗯……因为她的穿着打扮像女大学生。”

“女大学生的穿着打扮？那衣服是什么颜色的？”

“这种细节一般都不会记得吧。”

“你被警察抓了吗？”

“欸？”古田面露困惑。

“如果你真的猥亵了别人，那肯定会被警察抓吧？”

“我不记得了……”

那个怪人做事相当潦草，没有具体细节，就只是植入了“猥亵了别人”这个简单的记忆。虽然人类的大脑会合理地制造出记忆中缺失的部分，但由于猥亵他人而被逮捕这种日常生活中大多不会发生的记忆，大脑可无法轻易制造出来。

“这么重要的事都不记得了吗？”

“你到底想说什么？”

“这就证明，你根本没做过那种事。”

“你是在拿我开玩笑吗？”

“不是的，如果不相信我说的，我们就去警察局吧。如果你真的猥亵过别人，警方应该会留有记录。”

“为什么要去看记录？”

“因为我不能接受。”

“你的意思是说，我必须让你看到我曾经猥亵他人的证据？”古田睁大了眼睛。

“不是的，我是想让你看看，你根本就没做过那种事的证据。”

“没意义的。”

“那么，就去警察局自首。”

“为什么？染谷先生都说要跟我和解了啊。”

“你真的相信他会跟你和解？”

“不是要跟我和解，是要做什么？”

“报复。”

“对我使用暴力吗？”

“对。”

事实上，一直都是怪人在使用暴力。

“你的意思是，染谷先生想骗我？”

二吉点点头。

“你不相信染谷先生吗？”

“是的。”

“可是，染谷先生很信任你吧。”

“信任我？”

“因为他委托你看着我啊。”

“看起来是这样……”

“你和染谷先生是什么关系？”

“只是认识而已。”

“把这么重要的事交给一个只是认识的人，我倒觉得他是个老实人。”

“表面上看的确是这样。”

“但你让我不要相信他。”

“对。”

“可我也没有相信你的理由啊，田村先生。”

理论上看的确如此，这个年轻人做出了冷静的判断。只是，这次这件事，他错了。

“我只是提议去警局自首，并没有看不起你的意思。”

“可是，染谷先生主张和解，对我来说更有利吧。”

“如果他确实想和解，当然对你更有利。”

“你能证明染谷先生是在撒谎吗？”

是啊，就是因为无法证明才难办啊。

二吉摇了摇头。

“那我决定相信染谷先生。如果染谷先生真的在撒谎，到时候我会接受你的建议，去自首。”

“那就再多找几个见证人，可以信任的人，人数要尽量多。”

“和解的时候找几个认识的人来？我不但试图猥亵别人，还对阻止了我的人使用了暴力啊，怎么可能把这么丢人的事告诉朋友？”

二吉耸了耸肩。

要弃这个年轻人于不顾很简单，但自己已经牵涉其中了。应该还有其他方法，先想想怎么办吧。抵达目的地之前还有一个多小时的时间，如果想到什么好主意，一定不要忘记写在笔记本上。

# 20

“田村先生，再有三十多分钟就到了。”

二吉被一个不认识的年轻人叫醒。

好像是在电车上，可自己不记得搭上了电车。为什么？是参加宴会还是什么活动一类的，然后喝断片儿了吗？

“你的笔记本掉了，之前看你一直在上面写东西，是在做什么研究吗？”

我在这个笔记本上写东西？

封面上用马克笔写着一个大大的感叹号和一个三位的数字。二吉对眼前没见过的年轻人点头表示感谢后，打开了笔记本。

警告！

- 你只有几十分钟的记忆，只能想起事故发生之前的事。
- 病名为顺行性遗忘症。
- 要把想到的事情全部写进这个笔记本中。

什么！这是！

二吉偷偷看了看年轻人。他没有看这边，但不敢保证睡着期间他没有看过笔记本。最糟糕的情况是，他或许还修改了上面的内容。可现在思考这种可能性也没有意义，此时最重要的，是尽可能快、尽可能多地阅读笔记本中的内容。这个年轻人说再有三十分钟就到了，也就是说，只有三十分钟的时间。

“到了之后——”

“不好意思，真是抱歉，我要写东西，能不能先不要打搅我？”

“写东西？”

“我突然想起还有工作没完成，今天之内不完成就糟糕了。”

这个年轻人知道自己的姓氏，不过听他的语气，应该不是特别熟的人。

好了，从哪里开始看呢？既然记忆只能保持几十分钟，那都看也没意义。重要的事情应该会写在前面，最新的状况则会写在最后。

二吉开始快速阅读笔记。

- 门口没有名牌，信箱上也没有名字。
- 原因和不在笔记本上写下名字一样。
- 想知道具体原因就看第七页。

直接看第七页。

- 真相在第八页，非常刺激，深呼吸之后再看。

煞有介事的，那就先深呼吸吧。深呼吸之后，二吉打开了第八页。

• 现在，你正在与杀人魔战斗。

怎么会有这种事？！二吉再次深呼吸，必须先确认坐在旁边的这个年轻人是不是就是那个杀人魔。二吉用颤抖的手继续翻着笔记本，渐渐掌握了大致状况。

杀人魔自称“染谷”，拥有可以操纵他人记忆的特殊能力。虽然很难相信会有那样的能力，但如果是真的，小看对方将会极其危险，因此二吉决定相信。看过杀人魔的面部照片后，二吉确认了身边这个年轻人并不是杀人魔。

他先是松了口气，然后继续看后面的内容。

这个年轻人是杀人魔的牺牲品，深信自己是色狼，且动用暴力。自己曾试图说明事实并非如此，但对方不接受。这也难怪，此时二吉自己都对这件事半信半疑，也有可能是这个年轻人为了戏耍自己，写进去的。要真是那样，反倒是好事，但现在只能考虑最糟糕的情况，也就是这个笔记本上的内容都是真的，据此采取行动。

“古田先生，我想确认一下，下一站下车就到别墅了，是吧？”

“是的，你的工作完成了吗？”

“还没有，不过我决定和解之后再继续。”

电车很快抵达了目的地。这里是郊外的一个小镇，没有想象中那么偏僻，车站附近还有个挺大的购物中心。

杀人魔没有与二人同行，应该是不想被目击曾与古田一起行动。那家伙是想对古田进行报复，最糟糕的情况是杀了他。就算拥有能篡改他人记忆的能力，篡改对象也是越少越好，因为这样风险会更低。从目前的状况来看，这次他只需篡改我一个人的记忆就行了。

“距离别墅还有两公里，我们坐出租车吧。”古田提议道。

这样更好，乘出租车会给司机留下印象，最好能让出乎杀人魔预料的人记住他们。而且有两公里那么远，很可能走着走着记忆就消失了，边走边看笔记不但不方便，还会显得很奇怪。

坐上出租车后，二吉开口道：“现在还来得及，我们别去别墅了。”

“怎么又提这个？刚才也说了，我不觉得染谷先生的提议有任何问题。”

出租车很快抵达了别墅。说是别墅，实际上并不是特别大，更像是一栋别墅风格的小型住宅，周边还有很多类似规模的建筑物。二吉之前想象的是那种人迹罕至的山庄，现在看到周围有住家，让他松了口气。

古田取出钥匙打开门。

“请进。”

别墅里除了卫生间和浴室还有两个房间，一个靠近大门，一个更靠里。

过了一会儿，古田的手机响了，没有显示电话号码。古田接起来后，果不其然，就是“染谷”打来的。

“是的，到车站后请乘出租车过来。”古田通过电话说道，“嗯，是的，我们也是坐出租车过来的。出租车公司的名字？嗯……不记得了，我问问田村先生。”

果然，那家伙没想到我们会坐出租车，在询问出租车公司的名字，大概是想着，如果有必要的话，就查出是哪个司机，然后篡改那个人的记忆吧？二吉记得出租车公司的名字，但他肯定不会告诉杀人魔。

“不好意思，我也不记得。”

“田村先生说他也不记得。是的。我明白了。”古田挂断电话说，“他到车站了。”

“染谷先生为什么不跟我们一起来？”二吉故意把心中的疑问说了出来。

“不知道，是不是有事要办？”

“那让我们等着他不就行了吗？”

“是不是觉得让别人等不太好？”

“可最后不是还要让我们等吗？”

“嗯，也是，大概是没想到这一层吧。”

都已经到车站了，没时间说服古田对那家伙产生怀疑了。

二吉放弃了说服古田。

我该怎么做？留在这里，阻止那家伙加害古田？应该可行，如果他只是拥有篡改记忆的能力，但身体素质一般的话，两个人联手应该不会输。但真的要那么做吗？我可以抵抗他的能力，可其他人不行，一旦被那家伙视作敌人，他可以轻易将我杀死。如果我被杀了，古田依然会受到某种程度的伤害，搞不好他也会被杀。

玄关的门铃响了，古田打开门，一脸怒气、满脸通红的杀人魔就站在门口。

“你居然还有脸坐出租车？！”

“欸？不行吗？”

“你可是罪犯！罪犯怎么能坐出租车呢！！”

“哦……”古田低下了头。

突然，杀人魔抓住古田的前襟，将其推到墙边。乘坐出租车这件事超出了他的预料，令他很气愤。

二吉慌忙在包中摸索着。危险，差点忘了自己带着相机。

“染谷先生，出租车钱是他自己付的，不存在什么问题吧？”二吉出言阻止。

“还有你！你为什么允许他坐出租车？啊？”

我明白他为什么生气，但一般来说没人会为这种事生气。还是装作无法理解吧。

“对不起，我没意识到不能坐出租车。”

“这是常识吧！罪犯怎么能坐出租车呢？！”

“是……”二吉装出为难的样子。

“算了。谈谈赔偿金的事吧。”

“好的。”

“你准备出多少？”

“我现在手头上……”

“没问你手头上有多少钱，你和你父母一共有多少财产？”

“染谷先生，这样太过分了。”二吉睁大了眼睛。

“这关系到他的人生，出多少都不过分吧！”

“人生？太小题大做了吧。”

“这小子可是强奸未遂加上杀人未遂，倾家荡产也不奇怪吧！”

“强奸未遂？之前不是说猥亵吗？”

笔记本上记录的的确是“猥亵”。

“猥亵只是比较委婉的表达，这小子强奸了女高中生。”

“欸？是这样吗，古田先生？”

在古田大脑制造出来的记忆中，对象是女大学生，因为捏造的记忆很粗糙，缺乏统一性。

“我记得好像不是女高中生……”

杀人魔瞪着二吉，吼道："你们聊天了，聊了关于这小子猥亵的事？"

"啊，是的。"

因为我对古田的猥亵行为提出了质疑，此时古田的大脑进一步意识到了之前填补的记忆中存在的偏差。

"这小子在说谎！"杀人魔指着古田。

"欸？可是，强奸——"

杀人魔再次揪住古田的前襟。"你强奸了女高中生。"

古田翻着白眼，身体痉挛了十秒左右。

这家伙太乱来了。

古田清醒后，大叫起来："我怎么会做出那种事！"然后全身颤抖，坐到地上号啕大哭。

真可怜，再这样下去，他肯定会崩溃。

"染谷先生，强奸又是怎么回事？刚才不是说未遂吗？"

杀人魔大吼道："那些细节不重要！"

这家伙看起来非常不冷静，而且这么做未免太过分了。

"你有多少钱？"

"我……完蛋了，我的人生结束了。"古田似乎已经无法重新振作起来了。

"啧，这小子不行了。"

"他好像神经错乱了，今天就先回去吧。"

"先回去？这种地方，多来几次会被人看到的！"

"不能被人看到吗？"

"要是有什么奇怪的传言就麻烦了。"

奇怪的传言是什么啊？！心里这么想，但二吉决定还是不要说出来比较好，要是继续顶撞他，他很有可能会再次使用超能力。虽说自己能经受得住，可大脑记忆被人任意改动，那种感觉可不好。

“这次就不要钱了。”杀人魔嘟囔了一句。

“那个，你，”杀人魔对二吉说道，“你能帮我去买点东西吗？”

“好的。”

“帮我买浆糊、剪子和尺子回来。”

“用来做什么？”

“做文件。”

“什么文件？”

“当然是和解相关的资料啊。”

“附近好像没有商店。”

“车站附近不是有个购物中心吗？”

“可以坐出租车去吗？”

“不行，走着去。”

二吉又不是罪犯，应该可以乘坐出租车，但他故意没有反驳。看来，杀人魔的目的是让二吉离开别墅，然后伤害古田吧。不过，这或许是个机会。

“好的，我会跑着去车站。”

“不用跑，走着去。”

出了门，二吉马上打开笔记本，奋笔疾书起来。现在情况非常紧急，但如果优先采取行动，而没有记笔记，后果或许不堪设想。

二吉在别墅周围物色看起来靠得住的人，最好是警察，但不可能那么巧正好有警察在附近走动。实在不行就只能报警了，只是警车声会让对方警觉，所以也并不是什么好方法。

走出两三百米，二吉只看到一名散步的中年男性，和站在一起聊天的三名女学生。未成年不行，那就只能选择那位男性了。或许算不上战斗力，但至少在人数上能占优势。

“不好意思，您能帮帮我吗？”二吉主动找上那位男性。

中年男人好像被吓了一跳，睁大了眼睛。

“我的朋友们正在那边的别墅里谈话，气氛有些紧张，可还不至于报警，所以我想，要是能有外人介入，或许能让他们冷静下来。”

男人摇了摇头，说：“我觉得还是应该报警。”

“报警的话，二人的关系就没有挽回的余地了，现在只是玩笑开过火的程度，应该还能调和。”

男人思考了一会儿。“没有危险吗？”

“是的，如果您担心的话，可以再叫几个熟识的朋友过来。”

“稍等，我联系一下这个别墅区的管理员。”男人取出手机，“喂？好像有住户惹上麻烦了。对。”男人询问二吉，“是哪户人家啊？”

“古田先生家。”

“哦，那位古田先生？比我还年轻一点的那位？”

“不是的，是他儿子，刚二十几岁。”

“这样啊。喂？是古田先生家，不过不是业主，是他儿子。那就麻烦了。”挂断电话后，男人对二吉说道，“他说马上就过来。”

马上是多久？不能让那两个人长时间独处。如果等一会儿还不来的话，就只能我一个人回去了。

男人继续问二吉：“敢问你和古田先生的儿子是什么关系？”

糟糕，没有提前想好这些细节。

“老实说，我和他并不熟，和另一位熟一些。”

“另一位？”

“是的，他姓染谷，和古田先生之间发生了冲突，让我跟着一起来。”

“是他提出让你跟着来，结果你却丢下他们两个人自己离开了？”

“感觉我一个人应付不了，要是管理员再不来，我就打算一个人先回去。”

就在此时，有个人向这边走来，看起来不是很着急，边走边出声询问：“那边那位是古田先生吗？”

“不，我是他的朋友。”

“古田先生怎么了？”管理员继续问道。

“和朋友发生了冲突，我担心一时很难解决。”

“这种情况还是报警比较好吧？”

“也不至于报警，现在应该还来得及调停。”

“可是这与我们完全无关啊。”

“二位只要跟着来就行，我会负责劝说，毕竟有外人在场，情况会不一样。如果你们觉得有危险，可以马上报警。”

“这么危险？”

糟糕，吓到他们了。

“也不能说是危险，主要是我不太会劝架。”

“嗯……吵架可不归我们管啊。”

“情况紧急，拜托了。”

“情况紧急的话还是应该报警吧。不过在这里说这么多也没用，还是先去看看吧。我什么都不做，没问题吧？”

“是的，这样就好。”二吉转向那位中年人，继续道，“能请您也一起去吗？”

“要是觉得心里没底的话，我倒是也可以去。”

抵达古田家的别墅后，二吉直接抓住门把手要开门。

管理员问：“不按门铃吗？”

“嗯，我担心按门铃会刺激到他们，那样就糟糕了。”

二吉轻轻打开门，然后蹑手蹑脚地走入房中。跟在后面的二人发出了声响，但二吉也不好说什么，只希望杀人魔千万不要有所察觉。

二吉率先来到里屋的房门前，等待二人走过来的同时重新背好包。希望一切顺利。

二人都来到门口后，二吉打开了里屋的房门。

只见杀人魔正用绳子勒古田的脖子。

“啊啊啊啊啊！”惊得二吉大叫。

身后的二人看到眼前的情景，连声音都发不出来了。

杀人魔发觉二吉等人，抬起头。“你们是干吗的？”他的声音因愤怒而颤抖，“为什么要把事情搞得这么复杂！是故意的吗？！肯定是故意的吧？！”

没想到他还挺敏锐的，但问题不在这里。

二吉连忙出声询问：“染谷先生，你在干什么？”

“没看见吗？我在勒他的脖子。”

“为什么？”

“就是，那个……正当防卫。”

“你的意思是，古田先生先袭击了你？”

“对，他突然用这根绳子勒住我的脖子，我就把绳子抢过来，勒住了他。”

“古田先生已经没有意识了。”

“我知道。”

“你知道？”

“对，我知道。”

“那就不是正当防卫了，就算是遭到袭击，反过来袭击一个已经失去意识、动弹不得的人，也会被认定为防卫过当。”

“哦，如果防卫过当，我会怎么样？”

“会被逮捕的。请马上放下绳子。必须马上报警，同时叫救护车。”

“这样啊。”杀人魔嘟囔了一句，“看来再不采取措施，事情会变得更麻烦。”说完，他放开手上的绳子，向三人靠近，“我不想被逮捕，先走了。”

“你先别走，等警察来了再说。”中年男人出声阻止。

“没错，逃跑只会加重罪行。”管理员也出言相劝。

“你们可以试试阻止我啊。”杀人魔打算强行离开。

二吉大概能猜到他的企图，但就算告诉那两个人，也只会让他们陷入混乱，而且自己的意图还会被杀人魔察觉，所以现在只能忍耐。

“站住。”说着，中年人抓住杀人魔的手腕，管理员也出手，抓住了他的另一只手腕。

杀人魔露出得逞的笑容。

“你们目击这个年轻人要用绳子勒死我，便一拥而上将其制伏，但他趁你们不备，企图自杀。”

二人开始翻白眼。

接着，杀人魔靠近二吉。

“他们两个怎么了？”二吉询问道。

“你会忘记这些，因为我能操纵记忆。”杀人魔碰到了二吉的手腕。

古田袭击杀人魔的记忆出现了，被杀人魔篡改过的记忆缺失了一部分。而篡改记忆这件事本身，变成一段仿佛时过境迁的语义记忆保留了下来，毫无真实感，就好像是历史上的一起突发事件。会认知到这样的双重记忆，是因为二吉的大脑已掌握了篡改记忆的知识。而另外那两个人的大脑，为了让整件事情变得合理，肯定会把篡改记忆这件事抵消吧。

待回过神来，中年男性和管理员正呆呆地低头看着古田。

“请马上叫救护车。”

二吉说完，便去检查古田的呼吸和脉搏，都没有了。

“你们会做人工呼吸或心肺复苏吗？”

“最近的指南不是说人工呼吸不用做了吗？”

是吗？

听了管理员的话，二吉开始做心肺复苏，并催促二人：“麻烦叫救护车。”

“应该先叫警察吧？”中年男性答道。

“人已经这样了，不用担心他逃跑，还是先叫救护车吧。”

管理员不情不愿地叫了救护车，中年男人打电话通知警察。

“我可以问一下吗？”杀人魔突然开腔，“你们为什么会来这里？”

他是在考虑我在这次事件中扮演着怎样的角色吧。他原本的打算应该是给我植入没在这里见过他的记忆，但在不了解我是采取了怎样的行动把他们带过来之前，要制造不在场证明就有些复杂了。

中年男性答道：“是这个人拜托我们的，说朋友间发生了冲突，希望我们能来帮忙。”

“喂，你只跟这两个人搭了话吗？”杀人魔询问二吉，听他的语气，已经不打算再客气了。

“不是，和好几个人都搭话了。”二吉随口回道。

“好几个人是几个人？”

“不记得了。”二吉正在做心肺复苏，装作无法专心听对方说话的样子，“应该不到十个人。”

“这个人和几个人说过话？”杀人魔转而问另外两人。

“几个人？”先回答他的是中年男人，“我也不记得了。”

管理员随即也答道：“我是之后才被叫过来的，所以不清楚。”

杀人魔不耐烦地咂了下嘴。

不知道具体跟谁说过话，就无法通过篡改记忆让事情变得合理。如果篡改成“染谷”这个人没有在这栋别墅里出现过，要是出现声称听路人说起有个叫“染谷”的人在这里的证人，就会引来怀疑。

终于听到了救护车的笛声。

杀人魔把手放在中年男性和管理员的肩膀上，说道：“出现在这里的‘染谷’是个年轻女性，她说有事，先离开了。”

接着他又把手放在了二吉的背上。很快，新的记忆形成，杀人魔染谷没有在这里出现过，取而代之的是一位年轻女性，而且出现后马上就消失了。

在几人意识模糊期间，杀人魔离开了。

救护车抵达。

救护人员询问道：“这个人怎么了？”

“他把绳子绕在脖子上，想自杀。”中年男性回答了救护人员的问题。

一名急救队员探了探古田的脉搏，大叫：“AED！”

其他队员拿来AED，并敞开古田的衣服。

“所有人都离远一点。”

古田被电击，随着嘭的一声，他的身体向后仰。

“没反应。”

“再来一次。”

嘭。

“没反应。”

“再来一次。”

嘭。

“有反应了。”

“好，移动。”

古田被担架抬走的同时，传来了警车的声音。

“出什么事了？”

“有人自杀未遂。”

中年男性和管理员都表示，是被二吉拜托才进入这栋别墅的，之后目击了古田袭击年轻女性，并在被众人阻止后企图自杀。

“那位女性是什么人？”警官询问二吉。

“非常抱歉，我不记得了。”虽然也可以按照杀人魔植入的虚假记忆回答，但帮助杀人魔可太愚蠢了，“我患有记忆障碍类的疾病，无法保留长时间的记忆，需要的话我可以提供医生的诊断证明。”

“什么都不记得了吗？”

二吉点点头。

“明白了，请留下您的姓名和住址，之后可能会登门拜访，方便吗？”

“可以，不过没有意义，因为我很快就会把这件事忘记。”

“有人能跟着去医院吗？”急救队员询问众人。

所有人都摇了摇头。

# 21

今天遇到什么大事了吗？并不是因为记得什么，而是身体感觉相当疲劳。

我知道自己患有顺行性遗忘症，虽然无法保留记忆，但会经常意识到这一事实。除此之外的其他事情则会在思考时被遗忘，无论多大的事都是如此。

不过，如果真的发生了什么重要的事，应该会写在笔记本上。先拿出笔记本，找到今天的日期。日期已经通过电视确认过了，从头看起。

哦哦，今天是到说话技巧教室上课的日子。我在那里上课吗？这就是老师的照片啊，无法记住与这位老师之间的互动真是太可惜了。不过，每次见面都能保持新鲜感，好像还挺划算的。那这份疲劳，是因为在说话技巧教室上课累到了？为什么会这么累啊……

二吉继续往后看。

这是什么？操纵记忆的杀人魔？

翻回前一页。

真的有这种事？要与这样的人战斗，只靠笔记本能行吗？信息量严重不足，至少要用上相机和录音机啊。啊，这里有照片，看起来不像穷凶极恶的人，不过今后一定要小心这个人。

二吉再次翻到今天的内容。

一个叫古田的男性成了牺牲者，不但被植入了他自己强奸、伤人的记忆，还差点被杀人魔勒死。急救人员用 AED 把他抢救了回来，但不知道后来怎么样了。

干了这么多坏事，不可能一点证据都没留下。但人类这种生物，会更相信自己的记忆，就算存在证据，只要与记忆有矛盾，人们就会选择相信记忆。

必须有能够战胜记忆的、非常明确的记录。照片都不够，必须是录音或者影像记录。对，从今以后，出门都带着数码相机。放在包里比较好吧？不过就算带在身上，关键时刻也不可能从包里拿出来拍吧？杀人魔不可能当着相机的面使用超能力。

那就需要隐藏式相机，也不用多么高级的，只要小一点，能藏在包里或者其他地方的就行。然后挖一个能保证拍摄的小洞，再在挖洞的位置做一个能固定相机的口袋。

譬如，这个位置……已经做好了啊。在包的底部有个口袋，相机就放在里面，而且也已经开好了小洞。

这个怎么播放啊？二吉仔细看着按钮和按键上的文字，相机里面可能保存着非常重要的影像，绝对不能误删。

先调到播放模式，然后按下播放按钮，这要是再能把数据删掉，得是多白痴的界面啊。

视频开始播放了。画面晃得很厉害，而且只有右上角拍到了人像，小洞和相机的镜头稍稍错开了，总是拍到天花板或墙壁。

“啊啊啊啊啊！”噪声很大，但能听出来是自己的声音。

“你们是干吗的！？为什么要把事情搞得这么复杂！是故意的吗？！肯定是故意的吧？！”这个声音不认识。

“染谷先生，你在干什么？”这是二吉的声音。

“没看见吗？我在勒他的脖子。”

“为什么？”

“就是，那个……正当防卫。”

“你的意思是，古田先生先袭击了你？”

“对，他突然用这根绳子勒住我的脖子，我就把绳子抢过来，勒住了他。”

视频到这里就结束了。内容很微妙，不但没拍到任何有用的影像，录到的声音也只有二吉和一个神秘人物的，而且与他们之后的证词完全不符，单听这段对话，不会有人认为与该起事件有什么关联吧。

由于事出突然，相机并没有设置好，在包里撞到了别的东西，导致录到一半就停止了。要是提前做好准备，或许就能拍到全程了。对啊，只要提前做好准备就行了，在杀人魔准备操纵他人记忆前。

可是，能预测到他什么时候会使用超能力吗？不，不需要预测，直接做好安排不就行了吗？制造一个让他不得不操纵他人记忆的场景。根据笔记本上的记录，那家伙一般会在两种情况下使用超能力。

一是为了满足私欲。二是为了保护他自己。

这两种情况还存在紧密的联系，从目前的情况来看，他每次都会先为了欲望使用超能力，陷入危机之后再多次使用能力解除危机。

虽然无法控制他的欲望，但应该可以让其陷入危机。首先要做的是拟订计划。

# 22

几天后，二吉拨通了古田的电话。

“你好，我是古田。”不认识的声音。

“我是田村。”

“田村先生，太好了，我现在的情况很麻烦。”

“所以那个时候我才让你逃。”

“可是，我都被搞糊涂了，我差点被染谷先生勒死。”

“是啊。”

“可是警察却说，我想对一位年轻女性下杀手，失败之后又企图自杀。”

“毕竟有三个目击者。”

“其中一个是你吗？”

“是的。”

“那为什么不为我做证呢？”

“因为没有证据。在没有证据的情况下，很难推翻那两个人的证词。”

“可是我真的没有做过。”

“我知道。你那边现在是什么状况？”

“因为找不到受害人，我没有被逮捕。”

“那你还挺幸运的。而且根本就不存在什么受害人，你可以放心。”

“那是不是今后也不用担心了？”

“这可说不好。”

“还有什么需要忧心的吗？”

“染谷先生本想杀了你，后来却离开了，你觉得这是为什么？”

“不知道。”

“应该是认为你已经死了。”

“什么意思？”

“如果他知道你还活着，你觉得他会采取怎样的行动？”

“他会采取怎样的行动呢？”

“我不知道，最理想的情况是，告你杀人未遂。”

“这是最理想的情况？”

“相较于其他情况来说的话。”

“还有什么情况？”

“就怕他不会让你继续活着。”

“等一下，那样的话就惨了。”古田似乎真的很害怕，“但我不会再和他扯上关系了吧。”

“就算你不想，一旦他知道你还活着，谁也不知道他会使用怎样的手段对付你。”

“那我该怎么办啊？”

“攻击是最好的防御。”

“你的意思是，让我和他斗争吗？”古田的声音听起来有气无力。

“也只能这么办了。”

“瞅准时机扑上去吗？”

“那样肯定赢不了，不过，如果你打算好一举将其杀死，那还有希望获胜。”

“怎么可能！我怎么可能下得了手！”古田慌忙拒绝。

“我也是，而这正是我们的弱点，对方可是能毫不在乎地杀人。”

“那该怎么攻击？”

“攻击不只限于暴力，我们要掌握那家伙犯罪的证据。”

“具体要怎么做？”

“首先，必须和他接触。”

“那就直接出局了吧？”古田似乎相当气馁。

“最初的接触由我来。”二吉故作镇定。

“你知道他的联系方式吗？”

“不知道。”

“那怎么接触？”

“在他可能会出没的地点监视。”

“听起来是一场持久战啊。”

“是的，但也只有这个方法了。”

“之后呢？”

“到时候我会联系你，你要马上赶来。”

“要我去做什么？”

“和他见面。”

古田自嘲地说道：“自投罗网吗？”

“见到你，那家伙应该会采取行动。”

“杀了我，或者报警吗？”

“不用担心他会报警，因为你已经被释放了，警察没有逮捕你的理由。”

“染谷先生的证词不就是新的理由吗？”

“现在的情况是，所有人都认为染谷先生并不在场，所以他无法做证。”

“可实际上他是在的呀。”

“这就是矛盾所在，会产生矛盾的证词缺乏可信性，他不会特意采取这样的可疑举动。”

“也就是说，他很有可能会想杀了我？”

“是的。”

“那怎么行啊！”古田带着哭腔。

“只要捕捉到他要动手杀人的瞬间，就能定他的罪了。”

“你会为我做证吗？”

“是的。”

就算二吉肯做证，他的证词也几乎没有价值，所以他打算录下来。但没必要告诉古田，不知道就不用担心他会不小心把信息泄露给敌人。

“那我必须一直在公寓等着吗？”

“没有那个必要，你还记得前几天遇到染谷的那个地方吗？”

“记得。”

“麻烦你待在三十分钟内能抵达那里的地方。”

“公寓的位置差不多刚好。”

“那还真是不幸中的万幸。要是你住的地方距离那里超过两个小时的话，就必须在附近租个房子住了。”

“你是在开玩笑吧？”

“我是认真的。不要嫌搬家麻烦，这可是会对你接下来的人生造成影响的大事。”

“那倒是。”电话那边传来了古田叹气的声音。

“还有，千万不要把这个计划告诉任何人，一定要谨记，这件事关系到你的生命安全。”

# 23

“哟。”一个笑容满面的男人主动跟二吉打招呼。

来这里之前刚看了笔记本上的内容，我认得他是谁。

“哦，你好。”二吉先打了个招呼。

“前几天不好意思。”

“什么事不好意思？”

“我和那个年轻人发生冲突，本来说稍后会去别墅，结果没去做那件事。”

“哦，那件事啊。”

“那之后怎么样了？”

“出大事了，古田先生袭击了一位女性，那个人也姓‘染谷’，失败后古田先生还自杀了。”

“后来呢？”

“后来？”

“古田死了吗？”

“不清楚。”

“不清楚是什么意思？”

“被救护车拉走了，之后就不清楚了。”

“新闻里也没报道。”

“毕竟也不是什么大事。”

没有死人，也不知道受害者的名字，警察无法证实此次事件的性质，所以媒体也没有关注。

“警察联系你了吗？”

“说起来，后来就没联系过了。”

“真的吗？这么奇怪。”

“奇怪吗？”

这家伙开始怀疑我了吗？还差一点就能揪住他的狐狸尾巴了，千万不能急躁。

“对了，以后我应该会经常来这里。”

“为什么？”

“我打算报名，到说话技巧教室上课。”

“怎么突然有这个想法了？你不像是不会说话的人啊。”

“也不是非得不会说话才能来这里上课吧？我就直说了吧，我是有别的目的。”

“北川老师吗？”

“对，你也是吧？”

他大概猜对了，不过我自己也不记得。

“我劝你还是放弃吧，她会成为我的女人。”

“真有自信啊。”

“我有特殊技巧，能让女人不会对我说不。”

难得说了一次真话。

“真的吗？不介意的话，能不能教教我？”

“你不行，这种事情要凭天赋的。”

“接下来就要去报名吗？”二吉改变了话题。

“嗯，是有这个打算。”

“可是，接下来是我的课，你要稍后才能报名了。”

“一节课多长时间？”

“差不多一个小时。”

“一个小时啊，不上不下的。我到附近打发时间。”说完，杀人魔转身走了。

这下糟了，既然他有这个心思，一天就能搞定北川老师。让一个人和不想交往的对象交往，也是一种暴力。必须想办法阻止他。

二吉找到公用电话，给古田拨了过去。“喂？我是田村。”

“怎么显示是公用电话？”接电话的正是古田。

“因为我就是在用公用电话给你打。”

“手机丢了吗？”

“我没有手机。”

“为什么？”

“因为记住使用方法太麻烦了。”

“你是在开玩笑吗？”

“先不说这个了，你马上到之前说的那个地方来。”

“染谷先生在吗？”

“是的。”

“等一下，我还没做好心理准备。”

“他一个小时后会回到这里，请尽快赶来，下次不知道要等到什么时候才有机会了。”

其实，如果他成了说话技巧教室的学生，随时都有机会。但我要救北川老师，机会就只有今天，所以必须让古田今天就过来。

接下来还得告诉老师，今天不能上课了。二吉朝教室走去。

“你好。”打开门，京子正等在那里，“今天来得真早啊。”

看着京子的脸，二吉觉得，自己果然也是别有用心。不过每次都会把对方忘记，肯定没有什么进展。

“不好意思，今天我有急事，想请假。”二吉说道。

“又发生了类似之前的事吗？”

“之前？”

“是啊，之前染谷先生和别人发生了冲突。”

“我说过吗？”

“说过。”

“对了，今天染谷先生好像会来。”

“哦？来做什么？”

“他说想报名来这里上课。”

“那他什么时候会来？”

“一个小时以后吧。”

“这样啊，可是一个小时以后还有别的学生的课。”

太好了，可以多争取点时间。

“那就等其他人上完课再说吧，如果染谷先生没有时间，就让他改天再来？”

“嗯，这样比较好。”

“那我就先告辞了，稍后有点事要办。”

与京子告别后，二吉朝大楼入口方向走去。边走边从包里拿出相机，确认录像的设定。这次绝对不能失败，必须想方设法在记忆连续期间，解决这一切。

等了三十分钟左右，一个年轻男人朝二吉的方向走来。没问题，记忆还是连续的，再多坚持一会儿啊。

年轻人先开口道：“前几天给你添麻烦了。”

“古田先生？”

“欸？”年轻人愣住了，“是我啊，你不认得我了吗？”

“不好意思，我眼神不太好。”二吉故意眯起眼睛。

应该拍下古田的照片，但二吉不想拿出已经精心设置好的相机。这次就算了吧。

二吉为古田说明接下来的计划。“染谷先生很快就会出现，我们去那栋大楼的角落谈吧，不容易被发现。”

“我该怎么做？”

“假装偶然路过这里，之后看对方怎么出招。如果能诱导他说出带有威胁性质的话，就更好了。”

“要是他突然袭击我呢？”

“我会大声呼救。这里人流量还挺大的，应该会有人帮忙。”

“这样真的没问题吗？”

“我觉得不用担心，不过，切记不要听信对方的花言巧语，也不要跟他去人少的地方或进入建筑物中。”

“那你呢？”

“本来我打算一直藏在隐蔽处，不过万一被发现反而显得不自然，我会找个适当的时机现身。”

“这样我也比较安心。”

“啊，染谷先生来了。”

“欸？你不是眼神不好吗？”

哦，糟糕，忘记这个设定了。

“我刚刚和染谷先生见过面，记得他的穿着打扮。”

“我要怎么和他搭话啊？我是那个差点被杀的人，他是那个差点杀死我的人。”

“闪烁其词会被怀疑，只能单刀直入了。”

“单刀直入？”

“譬如‘前几天你可把我害惨了，我们一起去警察局吧’一类的。”

“我那么说，他会生气吧？”

“或许会。”

“他要是生气了怎么办？”

“我会介入。不过或许会遭到他单方面的殴打，到时候就要麻烦你帮我求助了。好了，就是现在，拜托了。”

二吉推了一把古田。古田打了个趔趄，冲到人行横道上。

杀人魔瞟了古田一眼，便移开了视线，几秒后，他的视线重新回到古田身上，进而双目圆睁。

“你还活着？！”

“托你的福。”古田语调颤抖着答道。

“怎么？你在发抖吗？”杀人魔发出冷笑。

“发生了那样的事，再看到你我当然会发抖。”

“那样的事？”

“你当时勒着我的脖子。”

“这话说得可真难听啊。”

“那天，田村先生离开别墅后，你提出想和解，让我准备文件。可当我坐在椅子上，准备写文件的时候，你突然用绳子缠住了我的脖子。”

“当时看你瘫在那里，还以为肯定死了呢。”

“我的心脏的确一度停止跳动了。”

“然后又活过来了？你的运气可真好。警察说什么了？”

“说我先是勒住一位年轻女性的脖子，之后又企图自杀。”

“那还真是奇怪。”

“现场有三名目击者。”

“有三个人都那么说，那你不可能推翻证词了。”

“不，还有办法，只要你说出实情就行了。”

“那么做对我有什么好处？”

“可以不再受良心的谴责。”

“受到良心的谴责？我本来也没有那种感觉啊。”

“可是，你犯了罪，藏在心里不会难受吗？”

“完全不会，反而觉得很痛快。”

“身为一个人，这样不太好吧？”

“我对生而为人一点兴趣都没有，而且，还想超越人类。”

“人只能是人，我不懂你所谓的超越人类是什么意思。”

“你一辈子都不会懂，也没有懂的必要。”

“不说那么多了，我们去警察局吧。”

“去警察局？你在说什么啊？！”

“把真相告诉警察。”古田有些着急了。

“根本就不存在什么真相。”

“真相就是真相啊。”

“三个人都说你犯了罪，而说我是真凶的只有你，你说，哪个才是真相？”

“真相不是凭人多人少决定的。”

“那怎么决定？”

“不是怎么决定，真相是原本就决定好的。”古田的眼神闪烁不定。

拜托了，再努努力。

“你说的不对，真相是由人来决定的，不然怎么会有审判？”

“审判不是为了决定真相，而是发现真相的手段。”

“那不过是场面话，在现实生活中，真相就是由审判决定的。而且是不过区区三次审判，你能保证这样必定能找到真相吗？”

“你爱怎么说就怎么说，我只知道自己没有犯罪，所以，我想证明。”古田开始冒汗。

杀人魔则是一脸轻松。“你没犯罪？你强奸了女高中生，还把我打个半死，这些都还记得吧？”

“这……记得。”

“那些不是真相吗？”

“我已经糊涂了。如果那些是真相，我认了。但是，企图杀害某位女性、自杀，这些毫无疑问都不是真相！我想先证明这一点！”古田浑身颤抖，抓挠着头发。

快到极限了吗？

“可是，不是有三名目击者吗？那家伙就是其中之一吧！”杀人魔指着一直在远处观察的二吉。

被发现了吗？不过这也在预料之中。

杀人魔询问二吉：“你也看到这小子袭击年轻女性了吧？”

被发现之后再回话比较好。根据笔记本上的记录，我应该对古田说，你没有证据，所以无法反驳。虽说如此出尔反尔，会令古田更加怀疑自己，可现在正面顶撞杀人魔，对我们不利。

“是的。”二吉先表示肯定。

“田村先生，请说真话。”古田恳求道。

接着，二吉继续说道：“但这令人难以置信。”

杀人魔皱起眉头。

“与古田先生接触后，我发现他不是个粗鲁的人。”

“所以呢？你不相信自己的眼睛吗？”

“也不是，但我认为，他肯定是出于某种理由才那么做的。”

“你袭击那个女人有理由吗？”杀人魔询问古田。

古田摇摇头，道：“我没做过那种事。”

“看到了吗？这小子完全否认，那就没有商量的余地了。”

古田期望的不是酌情减刑，而是证明自己完全无罪。从某种意义上来说，现在的状况对古田有利。能够证明他犯下罪行的只有三个人的证词，没有受害者，这样就无法立案。

而对杀人魔来说，古田的存在是个危险因子，因为现场所有人之中，只有他的记忆是真实的。他拥有足够多的证据，有理由怀疑杀人魔拥有能够捏造记忆的能力。

因此，杀人魔一定会采取行动。他必须让古田无法对他产生威胁。

方法有两个。一，篡改古田的记忆，给他植入同样的记忆，矛盾就会消失。二，抹去他的存在。

前者还好，后者就糟糕了。如果杀人魔下定决心要杀了古田，二吉必须不顾一切地救他，就算会危及自己的生命。二吉一直觉得让古田做诱饵很对不起他，就算除此之外没有别的办法了。

“你难道不觉得可耻吗？又是强奸，又是杀人未遂，现在居然还想脱罪。”杀人魔慢悠悠地说道。

“不是的！做那些事的，不是真正的我！”

“可实际上你就是做了啊，不能对自己撒谎。”杀人魔开始靠近古田。

二吉紧张起来，他打算做什么？

杀人魔抓住古田的手腕，强行往建筑物里拽。二吉追了上去。此时建筑物中似乎没人，杀人魔露出满意的笑容。

要开始了。

杀人魔继续抓着古田的手腕，说道："你在自家别墅里，想要杀死一名年轻女性。"

来了！不是要杀他，而是篡改记忆。二吉松了一口气。

古田翻了个白眼，然后恢复了原状。"啊！"他按着头，一屁股坐在地上。

"怎么了？想起来了吗？"

"我都忘了，我想杀了那个女人？"

"古田先生，你好好想想！你没理由杀她啊！"二吉情不自禁地大叫出声。

"是没有理由，但我确实想杀了她！"

二吉继续劝说："你回想一下，刚刚你还说自己没想过要杀那个女人啊。"

"我说过吗？"

"说了。"

"我不知道，记忆很模糊，想不起来。"

杀人魔摸着古田的头，继续道："你杀那个女人是为了对她进行猥亵，之前忘记了是因为你不想承认自己心中的恶。"

古田先是大叫，然后开始号啕大哭。

糟糕，再这么下去他的精神会崩溃的。

"古田先生，冷静。不能迷失自我啊。"

杀人魔继续说道："你应该感到羞耻，你不该继续活在这个世上了。"

不该继续活在这个世上的人是你！

"古田先生，人生可以重来很多次，你先让自己冷静下来。"

"你这家伙太烦了！"杀人魔抓着二吉的手腕，"把今天在这里发生的一切都忘掉。"

记忆消失了。

这个男人的能力太可怕了，但他失算了，二吉提前预想过了一切可能性，所以大脑直接接受了记忆上的偏差，并没有对矛盾进行处理，只是将其单纯地认知为篡改的记忆。细节虽然想不起来了，但能推测出个大概。

不过，这些没必要告诉对手。

“那个……我们是什么时候到这里来的？”

杀人魔再次抓住二吉的手腕，说：“我们十分钟前来的，古田坦白了企图杀害那个女人的罪行。”

被植入了新的记忆。

“可是那个人没死，古田先生被抓之后又被放了，我觉得不用太往心里去。”

“你给我闭嘴！”杀人魔低下头，踩着坐在地上的古田的头，“你决定自杀。”

“染谷先生，你在说什么啊？！”

“哦，这是这小子刚才自己说的。”

古田慢慢站起身，摇摇晃晃地走了出去。

“古田先生！”二吉追了上去。

“喂，等一下。”杀人魔拦住二吉，“你现在不是应该在上课吗？”

这个男人发现了琐碎的小事。

“是的，本来是的，但在去教室的途中看到了古田先生，我就追了上去，结果跟丢了。跟丢之后又有点担心，于是到处找他。”

“真的吗？”

他似乎开始怀疑我了，因为我一直在找借口，只要他认真想要验证那些话的真伪，马上就会发现破绽。无论如何，一定要在今天之内分出个胜负，否则再也没有获胜的机会了。

“是真的。”

“没有什么阴谋吧？”

“你到底在说什么啊？”

杀人魔抓着二吉的手腕，说：“我和你是至交密友，发誓绝对不会欺骗对方。”

杀人魔的脸上洋溢着光芒，那似乎是真挚友情的象征。然而当然了，那不可能是真的。

“我们是好朋友吧，说实话。”

“你在说什么啊？”

“你真的是碰巧出现在这里的吗？”

“是啊，刚才我不是说过了吗？”

杀人魔双臂交叉沉思了一会儿。“好吧，我相信你。对了，你在这里，北川老师应该有空了吧？”

“不知道，我的课结束之后还有别人的课，可能已经开始了。”

“什么？那也就是说，我还要再等一个小时？”杀人魔看了看手表，“或许还来得及，我先走了。”说完，他便走上楼梯。

二吉赶忙去追古田。

# 24

二吉打开教室的门，里面的人都惊讶地看着他。

“啊，不好意思，还在上课吗？”

哪个是北川老师啊？

“没关系，刚好结束了。”一名女性微笑着说道，“好了，同学们，记得在规定时间内上传演讲视频啊。”

这个人是老师啊，怪不得我会来这里上课。

“不好意思，老师。”一名学生询问道，“我之前总是上传不了，能不能直接把存储卡交给您？”

“可以，就插在那里吧。我会在今天所有课程结束之后上传，下周再还给你，可以吗？”

“好的。”

“还有其他人需要我帮忙吗？”

“老师，我的也可以交给您吗？下周还给我就行。”

“好，拿到的数据我会尽量在今天之内共享给所有人。”

好几个学生将存储卡插在了电脑上。

等学生们都离开教室后，二吉才开口询问：“老师，我有重要的话想和您说，您现在有时间吗？”

京子稍微考虑了一会儿，答道：“不好意思，我要做一些准备，一两个小时以后可以吗？”

“那我一个小时后再来。”

“还是两小时后吧，两个小时后可以确保有时间。”

“不，我一个小时后来。”

“一个小时后我可能还没忙完。”

“到时候我可以再等。”

“你坚持一个小时后，是和你能保留记忆的时间有关系吗？”

“不，不是的，虽然也不能说一点关系都没有，但关系不大。”

“那也就是说，两个小时以后也可以？”

“是的，不过，我想尽快和您说。”

“明白了，我会尽量在一个小时内把工作做完，不过万一没做完，还请你原谅。”

“哪里的话，是我突然提出这样的无理要求，谈不上什么原谅。非常抱歉，那就麻烦您了。”说完，二吉转身离开了教室。

# 25

一个小时后，二吉朝教室方向走去，笔记本上的内容刚刚确认过。

眼下的情况非常糟糕，必须先和北川老师谈谈。

“你要去哪儿？”

二吉记得这个叫住他的男人，他是杀人魔。

“哦，有东西落在教室了，我来取。”

不能和这家伙说太多，要尽快结束话题。并且不能让他知道自己要去见老师，绝对不能。

“我们一起去取吧！”

“不了，我一个人可以的。”

“你很着急吗？”

“不是很着急。”

“那你陪陪我吧。”

“陪你？”

“这栋楼的屋顶可以自由出入，但因为周围的建筑物都太高了，上去了也只能看到高楼的墙壁，一般没人上去。我们到那里聊聊吧？”

和这家伙独处非常危险，但更不能让他去说话技巧教室。只能先听他说，等他满意了再离开了。

“好吧，不过我只能陪你三十分钟，可以吗？”

“嗯，足够了。”

狭窄昏暗的楼梯尽头是一扇布满锈迹的厚重铁门，门被杀人魔推开，响起刺耳的吱嘎声。屋顶上的风景的确扫兴，周围好像都是仓库，高大的建筑物上没有窗户，只能看到墙壁。灰色的地面上都是裂纹。

“染谷先生，现在可以说了吧，有什么事？”

“首先是我的名字，我的真名是云英，云英光男。”

“你的意思是说，‘染谷’是你的笔名一类的吗？”

为什么？为什么把真实姓名告诉我？觉得稍后把记忆抹掉就行了？可是之前都是用的化名，突然把真实姓名说出来，意义何在？可以满不在乎对别人痛下杀手的人不可能突然改过自新，那他是有什么阴谋？还是单纯的想拿我取乐？可为什么要在这个时候？

我有种非常不好的预感。

“笔名？不是，不是笔名，也不是艺名，硬要说的话，算是‘犯罪名’吧？”

“有这么个词吗？”

“没有吧，是我刚想到的。”

“‘犯罪名’是什么意思？”

“犯罪时用的名字。”

“听不明白。”

“我，犯罪——盗窃啦，打人啦，强奸啦，杀人时使用的名字。”

“也就是化名？可是，犯罪？你是在跟我开玩笑吗？”

“有人会这么开玩笑吗？”

糟糕，太糟糕了，这家伙正在坦白自己的秘密，也就是说，他不在乎我知道他的秘密——他打算干掉我。

二吉确认了一下两个人的位置，杀人魔站在他和铁门之间，要想穿过铁门走下楼梯，必须绕过他。而且打开那扇铁门需要时间，如果杀人魔身上带着凶器，很可能马上就会后背挨上一下。

二吉稍微挪动位置，而杀人魔似乎预料到他会采取怎样的行动，也微妙地改变了位置。

他突然出声询问二吉：“你都知道些什么？”

“什么知道什么？”

“我在问你，你对我了解多少？”

“一点也不了解，就连名字都是刚刚听你说才知道的。”

“你骗了我那么久，真想象不到你到底知道多少。”

“你究竟在说什么啊？我真的听不懂。”

“我跟古田和你告别后，去见了北川京子。”

“是吗？”

“跟她说我想在那里上课。”

“在说话技巧教室吧。”

“那不过是个借口，我只是想把那个女人变成我的东西。”

“把老师？你该不会已经……”

“放心吧，我还什么都没做，不过今天之内应该会下手。”

“下手？”

“让她成为我的女人。等我玩腻了，或许会为了取乐而杀了她。”

“你说什么？！”二吉的声音沙哑，“你知道自己在说什么吗？”

“知道啊，而且我一直都是这么做的。”

“你这是在坦白自己的罪行吗？我会报警的。”

“算是吧，但没有证据可以证明。”

“你敢断言绝对没有吗？”

“当然，虽然称不上完美，但确实没有证据能证明我犯了罪，因为从来没人怀疑上我。”

“你在说什么，我听不懂。”

“刚才说到我去见了京子。”

“嗯。”

“接下来我复述一下我们之间的对话。我笑容满面地对她说：‘北川老师，今天我来，是有件事想要麻烦你。’”

云英像说落语一样开始表演。

“京子回答说：‘你说吧。’‘我想来这里上课。’‘嗯，我听田村先生说了。’‘听田村说了？’‘是啊。’我就想啊，田村真是个大嘴巴。然后我就顺着她的话问：‘田村经常提起我吗？’‘也不是经常，有事的时候会说。’‘有事的时候？譬如呢？’‘譬如，前几天和别人发生了冲突。’‘那家伙跟你说了？’‘是啊。哎呀，是不是不能对别人说？’当然不能，你却说了。也就是说，你在我不知道的情况下，把我和古田之间的冲突告诉了别人。知道这意味着什么吗？”

“不知道。”

“意味着我的计划失败了。当然，失败了还可以重新构筑，但需要花费时间和精力。我希望掌控与自己有关的一切，而你却想把一切都搞砸。我应该说过不要把这件事告诉京子吧？”

二吉自然不记得他这么说过，也不记得对老师讲过。

“就算你说过，我也没理由照你说的做吧。”

“当然，但是，我这个人，绝对不允许有人背叛。之后我对京子说：‘那家伙说的吗？都让他别告诉别人了，就算是好朋友，有些事也忍不了啊。’‘哎呀，你们两个是好朋友吗？’‘是啊，通过那次的事件认识的，之后我们感觉意气相投，就经常一起出来玩。’对了，你和我是至交，你知道吗？”

和杀人魔怪人是至交，怎么可能？三吉摇摇头。

“果然，我就猜到是这样。接着京子说道：‘是吗？不过你别生他的气，估计田村先生当时是太紧张了，再加上他还有那个病。’听到‘病’，我立马就明白了，你奇怪的举动肯定和你的‘病’有关系。虽然我很想知道你到底得的是什么病，但我没有马上询问，她大概是相信我和你是好朋友才会说出你有病这件事，那么，如果在这个时候直接问你得了什么病，她就会发现自己说错话，不肯再说下去了吧。

“于是我谨慎选择措辞，如此对她说道：‘最初听说这个病的时候，都不知道该怎么和他接触，不过现在已经不在意了。’她马上回我：‘我也是最近才能自然地和他相处，但怎么都无法发展成朋友关系……可染谷先生你却做到了，怎么做才能和他成为朋友啊？’

“老实说，我当时有点慌张，根据她的描述，似乎因为你的病，你们甚至无法成为朋友。那么，出于同样的理由，和我成为至交应该也是很难的一件事。也就是说，我顺嘴说了一句有点麻烦的话。不过就算变麻烦了，我也有办法能解决。于是，我决定冒险。

“我说：‘也没什么窍门，就是要有耐性。’京子点点头，说道：‘果然是这样，只要不断重复，田村先生早晚都会记住的。’

“早晚都会记住是什么意思？仔细一琢磨，京子说的话很不可思议，听起来也不像是在表达想让记性不好的学生记住课堂上的内容。而且我和你成了好朋友，这和记忆力有什么关系吗？难道说，你连我们是好朋友这件事都记不住吗？如果真是这样，那你就是得了某种痴呆症，可从你平时的言行举止来看，怎么都不像个痴呆。智商不能说特别高，但至少能根据情况慎重地采取行动，而且可以说慎重过头，因为你几乎没说错过话。”

“你对我的评价是不是过高了啊？”

二吉试图寻找可乘之机，但云英一直盯着他，监视着他的一举一动。

“我这么说可不是夸你，我的意思是，你之所以极度慎重，会不会是为了弥补某方面的不足。”

这家伙相当敏锐，为了最大限度地活用自己的能力，他时时刻刻都在磨炼观察力和分析力吧。或许是我小看他了。

二吉在心中责备自己，因为之前他认定杀人魔过于相信自己的能力，所以不会做细致的分析。

“我用‘那家伙真的很努力，太令人钦佩了’来套京子的话。她说：‘是啊，总是随身带着笔记本，做大量的记录。’

“听到这里我就在想，笔记本？那家伙拿着笔记本吗？说起来，好像看到过两三次，但也不是总拿在手上。由此可知，你会故意把笔记本藏起来，不让我看到。可是，为什么？你不想让我知道你得的病。为什么？为什么不想让我知道？是不想让所有人知道吗？还是唯独不想让我知道？前者的话无所谓，但如果是后者，就证明，你出于某种理由，将我视为特别的人。啊，对了，你今天带笔记本了吗？”

二吉产生了超乎寻常的恐惧。笔记本对他来说就是记忆，是发病后的人生。笔记本被夺走，他就会失去唯一的依靠。

“你不回答，也就是带着的喽？”云英得意扬扬地说道。

“我觉得没有回答的必要。”

“嗯，的确，稍后我会直接确认。”

“你没有这个权力。”

“当然有，我拥有一切权力。”

“是谁赋予你的？”

“当然是我自己了，而且我拥有给予他人权力的权力。”

“循环论证吗？”

“理由不重要，重要的是，我就是世界的中心。刚才说到哪里了？哦，对，笔记本。之后我继续顺着她的话说：‘我也很吃惊，真的记了很多。’‘他原本就是个一丝不苟的人吧。要是我也得了那个病，肯定无法像他一样写那么多。’‘要是用手机还能轻松点。’‘他发病是在很多年以前了，因此，很遗憾，他还不能熟练操纵手机。’我随声附和了一句‘是啊’。

“因为很多年以前就发病了，所以不能熟练操纵手机？我绞尽脑汁思考其中的关联。回想你的样子，并没发现手部有麻痹的症状，身体没有问题却无法熟练使用手机，那肯定就是精神有问题了。可你的精神看起来也没有问题啊，这到底是怎么回事呢？

“我继续套京子的话。‘田村其实已经很好了，看起来跟普通人没差别，应答也很正常，根本看不出来患病。’‘是啊，他的理解能力很强，看完笔记本上的内容后，就能迅速掌握眼下的情况。他真的很有潜能。’

“这话听起来也很奇妙，意思是说，你是通过看笔记掌握现状的。反之，没有笔记本，就无法掌握现状。这么看来还是很像某种痴呆症的表现，但你的理解能力很强，所以才没有被周围的人发现。

“把上述情况总结起来得出的结论是，你丧失了一部分精神能力，但通过其他能力进行了弥补。那你丧失的能力是什么呢？你会在笔记本上做大量笔记，不看那些笔记就无法掌握现状。信息已经很充分了，那就是你的记忆能力存在障碍。”

有一瞬间，二吉甚至想为他鼓掌，但很快就打消了这个念头，现在不是称赞对手的时候。

“但如果你真的存在记忆障碍，就神奇了。你绝不是个没有教养的人，真的丧失了记忆，为什么还能正常地待人接物？是不是所谓的丧失记忆并不是丧失了所有的记忆，而是选择性失忆？

“让我们来整理一下思路吧。你必须看笔记，才能掌握现状，而且时时刻刻都要写笔记，但你却没有忘记过去习得的知识。你觉得该怎么解释？”

这正是二吉每天早晨都要解决的问题。

“最后我终于想到了。一般的失忆会夺走一个人过去的一切，而你得的病，有相反的方向性。你被夺走的不是过去，而是未来的一切，也就是说，你无法记住新事物。”

这家伙真是个强大的怪物，接下来该怎么办？

“我以前不知道还有这么一种病，不过也无所谓。”云英得意扬扬地继续说着，“不管我知不知道，这种病都的确存在，而你，患有这种病。没有任何问题，只有一点。”

“有问题啊，而且是很多。”

“那是你的问题，与我无关，对我来说只存在一个问题。”

“是什么问题？”

“特殊且非常重要的问题，你的病，可能会制约我的超能力。”

“超能力？那是什么？”

“你是真的不知道还是在装傻？只要看一眼笔记本就知道了吧？不过我嫌麻烦，就直说了，我能够操纵别人的记忆。”

“那是你的幻想。”

“是幻想也无所谓，就先当这个能力是存在的，但是，对会丧失记忆的人使用这个能力会怎么样？”

“不知道，什么都记不住的话，就不存在操纵不操纵了吧。”

“说是记不住，也不是完全记不住。从至少能像现在这样对话来看，你还是能保留一些记忆的。能保留多久？一天？一个小时？之后记忆会消失。对这样的人使用改变记忆的超能力，会怎么样呢？被改变的记忆当然也会在一段时间之后消失。但问题是，改变根本就不存在的记忆，会怎么样？你会接受吗？还是在本不应该存在的记忆出现时，就会发现不对劲呢？”

“就算发现了，也会忘记。”

“当然会，但你有笔记本。我之前一直认为自己比别人快一步，可在发现你的特征的瞬间，另一种可能性出现了。那就是，有人知道我的能力，而我，却不知道他知道。”

二吉的大脑在全速运转。这家伙在这里逐一说明他的思考过程单纯是出于兴趣，还是出于别的理由？二吉不知道，他只知道如果不充分利用这短暂的时间，他很可能会没命。就算处理了笔记本，他这个人依然是不受超能力操纵的不确定因素，杀人魔不会放任这样的状况不管。

“这样的经验也很宝贵不是吗？”二吉开口道。

“对，是非常宝贵的经验，但已经不需要了。我想到这个可能性的瞬间，只感觉到一阵恶寒，这岂不是说，我彻底被你骗了？今天原本的计划是把京子收入囊中，但这个时候我哪还有那个心思。于是我对京子说：‘老师，不好意思，我突然想起有急事，入学手续下次再办可以吗？’‘啊，好的，手续什么时候办都行。’她这么说。之后我就到处找应该就在这附近的你。”

“找到我之后，打算怎么做？”

“先确认。”

“有什么需要确认的吗？”

“确认我的超能力对你有没有效果。”

“这样啊，那就快确认吧。”

“已经确认完了。”

“什么意思？”

“你和我是好朋友。”

“之前我不是说了吗，那是不可能的。”

“我之前应该给你植入过‘我和你是至交密友’的虚假记忆，而你却坚决否定了，由此可以证明我的超能力对你无效。所以，已经确认完了。”

“那你的目的达到了，恭喜你，我可以走了吗？”

“确认不是唯一的目的。”

“还有其他目的？”

“对，消除不安因素。”

“不安因素……是指我吗？”

“没错。”

“我完全无害啊。”

“怎么会无害？”

“再等几分钟，我就会把有关你的事忘得一干二净。”

二吉故意把遗忘时间说得很短，希望对方能因此小看他。

“你的确有可能忘了我，但也可能又会马上察觉。”

“怎么可能。”

“现在你就依靠自身的力量察觉到了我的能力，普通人根本不可能做到，但你那无与伦比的推理能力和病症相结合，创造了奇迹。”

“只是偶然。”

“如果是偶然还好，但我不想用自己的人生去打赌。”

“你已经知道我的病了，以后尽量小心不要让我知道你是谁不就行了吗？”

“问题是，我不知道你什么时候会把关于我能力的事顺嘴说出去。”

“没人会相信的。”

“这种事谁能说得准呢？告诉一百个人，可能有一个人就信了，而那一个人或许就能将我毁了。”

不行了，不管怎么解释说我不会对他造成威胁，他都不听。不管概率有多小，只要存在我会毁掉他的可能性，杀了我就对他有绝对的好处。不杀，则什么好处都没有。所以，他一定会杀了我。就算求助于良心，也无法改变他的心意。他这一路走来，已经犯下很多残忍的罪行了吧，事到如今，杀一个人和杀死一只蚊子对他来说可能没什么区别，他只对对自己有好处的事感兴趣。

如果是这样，那就还有希望。

“你打算杀了我吗？”

“如果是其他人，还有别的处理方法，你就只能杀了。”

“就在这里动手吗？”

“原本应该带到不会被人发现的深山老林里，但我无法控制不受这种能力影响的你，所以没办法了。”

“我会大声呼救，引起骚动。”

“叫吧。”云英从兜里掏出刀，“杀你连十秒都用不了，不管来人是谁，我都可以通过操控记忆解决。可以植入‘你想自杀，我出手阻止却失败了’的记忆，或者‘你想杀我，结果被人看到了，所以就自杀了’，哪种比较好？”

“我是个小心谨慎的人。”

“什么？”

“杀了我，你会后悔的。”

“吓唬我吗？”

“你认为，我会只依靠一个笔记本填补记忆吗？”

“你在说什么？”

“还有其他的手段，我专用的记录。”

“或许吧，可那又怎样？只要你死了，就再也看不到记录了。”

“我自己的确是看不到了，但如果其他人看到了呢？”

“原来如此，有这种风险，谢谢你告诉我。找出你住的地方需要费点工夫，但也不是不可能的吧。”

“除了家里，别的地方也有。”

“撒谎。”

“你怎么知道我在撒谎？”

“就算除了笔记本还有其他记录，你也不会记得有那份记录存在。如果你真的在家里以外的地方存了记录，也应该会写在笔记本上，因为你会记不住把它放在哪儿了。”

这家伙还挺冷静。

“对，就写在笔记本上，但我把它保存在即便你看了笔记也无可奈何的地方。”

“到底是什么地方？告诉我！”

是啊，是哪里呢？

“我没理由告诉你吧。”二吉装傻，“来做个思考实验吧，假设有证据可以告发你是能操纵他人记忆的怪人。”

“还没放弃吗？拖延时间没有任何意义。”

“听听也没什么损失，要是我有什么可疑的举动，你可以马上动手，不是吗？”

“好吧，这项思考实验的结论是什么？”

“你就不能像之前那样为所欲为了。”

“为什么？就算被别人知道了我有能力，能力本身也不会消失吧。”

“你的能力一旦被人们知晓，效果就会消失。”

“是吗？我没试过，或许吧。可那又能怎样？只要干掉发现这种能力的人不就行了吗，就像现在这样。”

“但那仅限于人数有限的情况下，如果是人数众多的情况呢，你打算怎么办？”

“没办法。那样的话，生活就没有以前方便了，我还是不希望发生这种事。”

“不仅不方便，你迄今为止犯下的罪行还会暴露。”

“之前所有跟犯罪有关的记忆我都消除了。”

“证据不是只有记忆，没人能够做到行动时不留下任何痕迹。受害者身上或随身物品上肯定附有你的DNA。或许你会挑选没有监控摄像头的地方犯罪，但前往犯罪现场和离开时应该也会被某处的摄像头拍到。曾经看到你和受害人一起行动的人更是数不胜数，你不可能把所有人的记忆都消除吧？你之所以到现在还没遭到怀疑，是因为还没人发现这些证据，可是，一旦大家对你心生怀疑，就会去搜集那些痕迹。”

“是，你说的情况确实有可能发生。但那些不叫证据，只是信息，你觉得仅凭那种东西能判我的罪吗？”

“的确，一个个单独的信息的确不能成为证据，但将这些累积起来，就都会指向一个事实。”

“你想用这种慢吞吞的方法证实我迄今为止犯下的罪行？真是吓到我了呢。”

“不，没必要证明所有的。”二吉笑了，“你所犯下的都是恶性案件，只要证明其中两三起是你干的，你的人生就完了。”

“嗯，这个思考实验很有意思。”云英也笑了，“但是，人生即将在这里结束的是你。”说完，他面带笑容地靠近二吉。

“还有一件事我没说。”

“喂，还要拖延时间吗？我已经烦了。”

“这个包里，除了笔记本，还有别的东西。”

这样能行吗？

二吉拿出相机，继续道：“我想你应该知道，这部相机可以拍视频。”

“数码相机吗？”云英似乎很感兴趣，“什么都记不住的你用起来没问题吗？”

“虽然不是很熟练，但最近的数码产品真是很轻松就能上手呢。而且笔记本上也写了，我还保有程序性记忆的能力。”

“你的意思是说，你用这台数码相机拍下了我？”

“大概是，我不太记得。”

“只是拍到而已，能当证据吗？”

“它就是个引子，看了视频之后，那些不能称之为证据的信息碎片就会拼接起来，变成可以证明你犯了罪的证据。”

“那么，为什么告诉我这些？”

“因为有了这个，你就会身败名裂。”

“但它和笔记本有什么区别？干掉你之后再销毁就好了。”

“不，这个和笔记本不同。”

“哪里不同？”

“关键在于密度不同。”

“信息的密度吗？”

“不，是重量。”

“啊？重量和我们说的这些有关系吗？”

“有，密度越大，质量越大，空气的阻力就会减小。”

“别跟我打哑谜！我不想陪你在这里浪费时间了，认命吧。”云英将刀尖对着二吉。

“空气阻力减小，就能比笔记本飞得更远。”说罢，二吉用力将数码相机扔了出去，相机越过了楼顶的围栏。

“相机摔坏了，存储卡里的数据也不会有事，捡到的人十有八九会确认里面的内容吧。谁会捡到呢？不马上去看看的话，真不知道会被谁捡走啊。”

“妈的！”云英朝围栏方向跑去。

二吉抓住这个空当，跑过去打开大门。

杀人魔没有减速，直接撞上围栏。“没有掉下去！相机掉在了楼顶边缘！”

是吗？应该再用点力。

杀人魔伸长了手臂，穿过围栏间的缝隙，就快抓到相机了。他拿没拿到相机已经无所谓了，因为二吉把相机从包里拿出来之前，把存储卡拔下来了。根据笔记本上记录的使用方法，只要把这个存储卡插在电脑上，就能把视频数据取出来。

问题是二吉不知道怎么操作，也不知道哪里有电脑。必须先找到会使用电脑和知道如何把数据取出来的人。电脑到处都有，但肯定不会随便让陌生人用吧。家里应该有，但杀人魔随时有可能追上来，没时间回家了。最好能在这栋建筑物里解决，而确定有电脑的地方就是，说话技巧教室。

二吉顺着楼梯往下跑。

根据笔记本上的记录，学生们会使用电脑看视频、确认说话技巧，就用那台电脑把视频发给所有学生吧，杀人魔的能力就会被分散在各地的各种人知晓，这是那家伙最不想看到的事态。

可是，我能成功把视频发出去吗？之前或许练习过很多次，可能已经通过程序性记忆记住了，但此时二吉没有什么自信。等到了那里以后看看谁在，拜托别人？那样的话，那个人很可能会成为杀人魔下手的目标，太难办了。可为了打倒杀人魔，也只有这个方法了。

这时，二吉突然遭到撞击，摔下了楼梯。出什么事了？

有一个人压在自己身上，是杀人魔，他手上还握着刀。都已经走到这一步了，不能被他干掉。幸运的是，他也一起摔下来了，而且似乎动不了了。

二吉想趁着杀人魔没反应过来的时候想办法爬远一点，再站起来，但右腿小腿肚突然传来一阵剧痛。该死！被扎到了。好疼，脑子不转了，而且全身绵软。不行！一定要思考！不思考就会死在这里！

二吉环顾四周。这里是楼梯平台，有什么能用的东西吗？灭火器近在咫尺。

二吉大叫着朝杀人魔的头挥拳，本以为已经彻底丧失斗志的二吉突然发起反击，使得杀人魔在一瞬间愣住了。

趁着这个空当，二吉爬到灭火器旁，一把抓住，再支撑着身子总算站了起来。杀人魔也站了起来。二吉使出浑身的力气，举起灭火器，朝他的头上砸了下去。

一声闷响，杀人魔捂着头，疼得满地打滚。

二吉认为，现在杀了杀人魔才是正确的选择，就算自己会因为杀人罪被捕，也比让这家伙逍遥法外要强得多。但二吉也知道自己下不去手，与其为做不到的事发愁，不如尽快做能做到的事。

二吉打开笔记本，确认说话技巧教室的位置，拖着鲜血淋漓的腿，继续下楼梯。

# 26

这里是什么地方？

清醒后，二吉发现自己躺在某个房间的地板上。他目不转睛地看着天花板，不像是家里，像是会议室一类的地方。

为什么记不起来是怎么来的了？是喝断片儿了吗？

二吉想坐起来，火辣辣的疼痛感瞬间传来。

我的腿受伤了？出什么事了？感觉不像是喝多了，是被什么东西打到头，失忆了吗？旁边地上有一个沾满血的笔记本，二吉将其捡起并翻开。

警告！

- 你只有几十分钟的记忆，只能想起事故发生之前的事。
- 病名为顺行性遗忘症。
- 要把想到的事情全部写进这个笔记本中。

原来是这样。那就怪了，上面写着“只有几十分钟的记忆”，可现在自己只有几十秒前的记忆，是病情进一步恶化了吗？

或许不是，顺行性遗忘症是短期记忆无法过渡到长期记忆的病。短期记忆的时长每个人也不尽相同，大部分从几分钟到几十分钟不等。若发生会对精神造成打击的事情，那段短期记忆有可能还会消失。遇到事故的话，事故前后几分钟的记忆消失的情况也时有发生，不过这也属于受到了某种精神上的打击而引起的。

如此看来，我应该是遭受了某种打击，导致短期记忆消失了，我想应该与腿上的伤有关。可这么瞎猜也没意义，笔记本上可能有什么提示。想到这里，二吉翻开有内容的最后一页，上面赫然有一行血字，估计是用手指蘸着血写下的。

- 杀人魔名叫きらみつお!

杀人魔！怎么会这样，我不但有记忆障碍，身边还有个杀人魔？！我就是遭到了那家伙的袭击吗？这样考虑比较妥当。除此之外还有别的线索吗？现在可是性命攸关啊。

二吉看了看衣服口袋，里面有支圆珠笔，有圆珠笔还用血写下这行字，肯定是想引起自己的注意。由此可见，这个叫“きらみつお”的人相当危险。

可是光知道名字也没什么用啊，笔记本的其他页上可能还有关于杀人魔的信息，只是为什么只有名字是用血写的？说明之前没有获知名字这一情报，也是为了告诉自己这是重要情报，所以才用血写下来。

但现在自己依旧无能为力，连这里是哪里都不知道，也不知道杀人魔具体长什么样，年龄、性别都不知道。当然，这些信息或许就写在笔记本中的某处，但从腿上的伤势来看，可以说形势非常严峻，在这样的情况下，能优哉游哉地看笔记吗？

可转念一想，现在的自己除了看笔记本，还能做什么呢？二吉往前翻了一页。

- 存有那家伙犯罪视频的存储卡放在从上数第二个抽屉里。

哦哦，这个信息非常重要，不过，是哪个抽屉啊？

这个房间里有大大小小十几张桌子，每张桌子都有抽屉。二吉随便一找就找到了类似存储卡的东西，是这个吗？要拿走吗？如果杀人魔来了，看到笔记本上的内容，很快就能找到吧。但要是藏在其他地方，自己就找不到了。而且，杀人魔知道我患有顺行性遗忘症的事吗？

二吉又看了看最后几页的内容，上面记录着让一个名为古田的年轻人与杀人魔对峙，拍下视频做证据的计划。具体成没成功，上面没写，但既然自己正在被杀人魔追赶，计划应该是成功了。不对，在没把视频证据送到该送去的地方之前，不能算成功。

从笔记本上的记录无法判断杀人魔是否知道自己患有顺行性遗忘症的事，眼下只能假设他知道，不过不知道的可能性依然存在，因此，就算见到杀人魔，也绝对不能主动提这件事。

门外传来脚步声，很可能是杀人魔。二吉将笔记本上写有内容的倒数第二页扯下来，塞进了鞋子里。藏在这里能感觉得到，就算忘了也能发觉。

二吉这才发现门前叠放着好几把椅子，应该是自己放的。随着“咚咚”的撞击声，椅子倒了，门被推开，一个眼睛充血的男人走了进来。

这个人是杀人魔吗？必须先确认一下，而且还不能让对方发觉自己在确认他的身份。

“きらみつお，快住手吧，你不可能每次都逃得掉。”

来人盯着二吉。

怎么？他不是杀人魔？

男人开口道："你在说什么啊，什么逃不逃的？"

啊，我说错话了吗？

"你该不会已经忘了吧？"

唉，看来他知道健忘症的事。

"你是为了确认我的身份，才故意说出'きらみつお'这个名字吗？算了，事到如今撒谎也没什么意义，我就是云英。"

哦，这个人就是杀人魔啊，也算有成果，虽说是最糟糕的事态。

"你好像知道自己的情况。"

二吉没说话，没必要向对方提供信息。

"那也记得我的超能力吧？"

这家伙说"超能力"，是虚张声势吗，还是夸张的妄想？如果是后者，就麻烦了。

"你是说可以飞的那种吗？还是力气是普通人的一百倍？"

"你是故意这么说的吗，还是真的忘了？要是忘了可以看笔记本啊。"

"这样子，哪有心情慢悠悠地看笔记啊。"

"那我就告诉你好了，我可以随心所欲地修改他人的记忆。"

"这个能力很厉害，你完全不用担心我捣乱，能放了我吗？"

"不行。我的能力是操纵他人的记忆，但会被记忆有障碍的你克制。"

"因为无论怎么改，我都会马上忘记，根本就是白费力气。那反正我会忘掉，你也没什么可担心的吧？"

"不，问题不是你脑子里的记忆，而是外面的记忆。"

"是说这个笔记本吗？因为我在笔记本上写下了你做的坏事，

惹你生气了吗？那完全可以把那部分撕掉，你就放了我吧。”

“想让我放了你，就说出数码相机存储卡的位置。”

这家伙果然在找存储卡。只要他有那个心，在这个房间里搜一搜很快就能找到，必须想办法蒙混过去。

“我听不懂你在说什么。我已经忘了，你就放了我吧。”

“真的忘了吗？”

“是啊，我甚至不知道自己记不记得。”

“要试试才知道。”杀人魔走到二吉身边。

二吉原本想站起来，但因为脚太疼了，没能站起来。

“给我坐下！”说着，杀人魔踹了二吉一脚，二吉一屁股坐到地上。

杀人魔把刀贴在二吉脸上，逼问道：“说，存储卡在哪儿？”

“我真的听不懂你在说什么。”

二吉拼命思考。要不然说真话吧？这家伙的目的是存储卡，只要交出来，他或许会放自己走呢？不对，等一下，他不一定会放了自己。这家伙可是杀人魔啊，而且坚信自己能操纵他人的记忆，他或许会认为，杀了自己才能永绝后患。还是应该继续装傻。

“你是不是觉得我不是真的想伤害你？”

“不是，我腿上的伤就是你干的吧？是的话，你肯定不会下不了手。”

“对，没错。”杀人魔举刀扎进了二吉的大腿。

被刺中的瞬间，二吉只感觉到皮肤被什么东西刺穿了，紧接着，类似火烤的灼烧感扩散开来。

“住手！”二吉抓住对方的手腕。杀人魔露出得意的笑容，没有停止手上的动作，而是把刀刺得更深了。

更加强烈的疼痛感向二吉袭来，他甚至不敢呼吸，剧烈起伏的胸口像要裂开一般，脑子里敲钟的声音不断。很快，他便失去了意识。

# 27

“喂，醒醒。”杀人魔用力拍打二吉的脸。

“呜。”二吉的脸皱成一团。

“不想继续挨刀子，就告诉我存储卡在哪儿。”

二吉迷迷糊糊睁开眼睛。

“存储卡？”

“对，数码相机的存储卡。”

“请问，这里是什么地方？”二吉环顾四周。

“什么？”

“您是哪位？”

“你又失忆了吗？”

“不好意思，我什么都不记得了，出什么事了吗？”二吉一脸呆滞地盯着云英的脸。

“没出什么大事，只是我正打算杀了你。”

“咿！你要干什么？！”

“不是说了吗，准备杀了你。”

“为什么要杀了我？”

“因为你不把藏存储卡的位置告诉我。”

“请等一下，有误会！你肯定认错人了！”

“没认错，就是你，田村。”

“我不认识你！救命啊！”

“啧！真是麻烦，先让我搜搜你的身吧。”杀人魔开始搜二吉的衣服和裤子口袋，“奇怪，应该有写着收藏位置的纸条，该不会直接写在可能会成为盲点的笔记本上了吧。”

说完杀人魔就打开了笔记本。“原来如此，这上面写着我的名字。”然后翻过一页，“这就是设计告发我的计划吗？无法保有连续记忆的你，竟然能做到这一步，是典型的黏液质啊。”

“满足了吗？放我走吧。”

“不要笔记本了？”

“那个笔记本不是我的。”

“那我拿走了？”

“不是我的东西，我没权利说给还是不给。没有主人的话，你想拿就拿走吧。”二吉摇摇晃晃地想要站起来。

“等一下，这里有撕掉的痕迹。”

“哦，是吗？”

“你把这一页藏哪儿了？”

“刚刚说了，我都不知道这个笔记本是谁的。”

“那就想起来！这是你的字迹吧？”

“不清楚。”

“你把衣服脱了。”

“什么？”

“我让你脱光！”

“为什么？”

“我要彻底检查。先脱鞋。”

“不好意思，我的脚受伤了，脱鞋很费劲。”

“坐到那边的椅子上，一只一只脱。不要做出可疑的举动，也不许出声，否则就给你几刀。”

二吉依言过去，脱掉一只鞋。

杀人魔拿刀指着二吉，捡起鞋子，确认里面有没有东西。

“好，另一只。”

二吉颤抖着手脱下袜子。

“喂，你在干什么？不是让你把另一只鞋脱下来吗？”

“啊，是，对不起。那袜子要再穿上吗？”

“你是白痴吗？都脱下来了还穿什么穿，放在那儿吧。”说完，杀人魔开始确认袜子，“好了，脱另外一只吧。”

二吉把手放在鞋上，故意磨蹭。

“你在干什么？”

“不好意思，脚疼。”

杀人魔威胁道：“那要不要我把你的脚砍下来啊！”

就在这个时候，房门开了，一位上了年纪的男性站在门口，看着二人。

见状，二吉大叫：“快去找人来！这家伙叫云英！是个杀人魔！”

“妈的！你没失忆！”

“你说呢？”

第一次醒来时的确失忆了，第二次是装的，为了骗你，但没必要向杀人魔解释这一切。

推门而入的男性茫然地看着二人。突然听到这种话，任谁都会有这样的反应吧。

杀人魔开口解释：“请等一下，这是个误会。”

二吉继续大叫：“不行！不要被他骗了！那家伙手上有刀！”

“这把刀是从他手上抢过来的，看，我把它在放地板上，这样就不用担心了吧。你先进来了解一下情况。”

男性似乎还在犹豫，嘴里嘟囔着：“我是来找老师的，之前留了录十分钟演讲视频的作业，我不知道怎么上传。”

“哦，我来教你吧，过来。”

二吉大叫：“不行！不要被他骗了！”

男性始终站在原地一动不动，轮番看着二吉和云英。

“这到底是怎么回事？”

“我会为你做详细说明的，来，过来。”云英走到男性身边，假装催促，手搭在他的肩膀上，“你来到房间后，看一个人都没有，便决定不问了，直接回家。而且你觉得心绪不宁，必须尽快回去。”

男性开始翻白眼、痉挛。杀人魔双手抓着男性的肩膀让他转过身，然后一把将他推出门去，并关上了门。几秒后，门外传来慢慢走远的脚步声。

见此情景，二吉询问：“你做了什么？”

“修改了那个人的记忆啊。”

“你是怎么做到的？”

“你不是看见了吗？”

“是下了药吗？”

“没有，是我的超能力。”

“难以置信。”

“刚刚你不是亲眼看到了吗？”

“如果那是真的，你就无所畏惧了。”

“倒也不是，我只能篡改脑内的记忆，对物理记忆和痕迹无效。”

“但没有记忆的话，一般人不会想到去调查物理记录和物证。”

“没错，可一旦‘自己的记忆绝对是真的’这个前提坍塌，我的无罪工程就会变得异常脆弱。”

“所以你绝对不能遭到任何人的怀疑。你究竟犯下了多少桩罪行啊？”

“不知道，没数过，我犯罪就像吃饭、呼吸一样。”云英露出得意的笑容，“好了，你已经无路可走了，快说出藏存储卡的地方。”

“都说了，我忘了。”

“那肯定留了纸条。”

“也忘了留了。”

“你这家伙精明得很，肯定把撕下来的那页藏起来了，估计就在另一只鞋里。”

一切都被他看穿了，二吉绝望了，但仍不打算放弃。思考，应该还有办法。

“你不觉得这是个好机会吗？”

“什么意思？”

“变为普通人的机会啊。只要你答应我今后绝对不再犯罪，我就帮你保密。”

“改为交易路线了吗？这笔买卖对我没好处啊。”

“怎么会呢，在这之前，你应该觉得自己是绝对安全的，对吗？”

“以后也是，只要把你和视频数据都消灭。”

“那是不可能的，既然我出现了，今后就还会出现第二个、第三个田村二吉。”

“你想说什么？”

“下一个田村二吉或许就没我这么好说话了。但你只要承诺不再犯罪，我就放过你。如果你杀了我，继续犯罪，早晚会遭到报应。和我一样患有记忆障碍类疾病的人会穷追不舍的。”

听罢，云英笑了。

“也就是说，你想用尚且未知的事当条件，跟我交易？”

“这种情况发生的概率相当大，相较之下，患有我这种病的人比拥有你这样能力的人多多了。”

“不，得健忘症的人的确不少，但像你这么冷静且有洞察力的却没几个。从某种意义上来说，你也拥有超能力啊，先天的智商加上后天得了这个病的绝妙组合，造就了你这个能与我匹敌的超能力者。可以说我和你是同类，或者说我们是一对怪物。”

“我可没什么洞察力，只是为了弥补记忆缺失，才习惯了推理。其他得了这种病的人肯定也和我一样。”

“我为什么要相信你说的话？”

“确实，我没有证据，信与不信都取决于你。”

“这些都是以后的事，眼下我只想找到存储卡。把你的另一只鞋脱了，否则，我就先划开你的喉咙，再自己去确认。”

该死！二吉在心中咒骂，可毫无办法了，他脱下鞋子，放在地板上。

“哦，果然在这只鞋里，这是人们最常藏东西的地方。藏在别处你自己也找不到了，这也怪不得你。”云英展开纸片，“‘从上数第二个抽屉’？是哪个抽屉啊？”

“忘了。”

“就知道你会这么说，好吧，接下来我会把这里所有的抽屉都拉开，你不要想着趁此机会逃，你的脚伤成这样，马上就会被我追上的。你也不想痛苦地死去吧。”

不逃，大叫怎么样？可能附近还有别的人，像刚刚那个男性一样，可一旦大声呼救，杀人魔应该会立马杀了我，对他来说，我已经没有价值了。

“哦哦，在这里啊，这么轻松就找到了。为什么要藏在这种地方？直接通过网络上传到某个网站不好吗？莫非，你不知道怎么上传？”

“大概是不知道，我不觉得自己能做到。”

“那你还真是倒霉，怎么不找人帮忙呢。对了，没拜托古田吗？”

“我不知道古田是谁。”

“嗯，这时候，古田应该正在什么地方自杀呢吧。”

这个浑蛋，都把别人逼到自杀的境地了，还在这里像没事人一样侃侃而谈？这家伙肯定是疯了。

“这张存储卡，”杀人魔说着，把存储卡丢到地板上，“这下就没有后顾之忧了。”说罢，一脚踩了上去。

碎片四散。把碎片都收集起来或许还有救，只是不知道能不能找到机会把它们收集起来。

“当然，碎片我也会回收。”杀人魔的话打消了二吉的念头，“谁知道现在都有怎样的数据修复手段呢。碎片我会拿回去，彻底毁掉。”

“那么，你愿意和我做交易了吗？”

“我认为和你做交易毫无意义，就算我下定决心今后不再犯罪，和让你活着又有什么关系呢？”

“杀了我，会加重你的罪孽。”

“只是杀死一个人。”

“杀一个人和不杀，完全不同。”

“假设不杀你我会被判五千年徒刑，杀了你，我会被判五千零一十五年徒刑，那杀与不杀有什么区别吗？”

“日本是有死刑的。”

“那我已经是死刑犯了。”

“我会大叫。”

“你试试看，虽然要多费点周折，但就像刚才那个人一样，我总有办法解决。如果你胆敢给我惹麻烦，我就会折磨你致死。想让我把你的手脚一点一点削下来吗？”

“还是给我个痛快吧。”

“那就闭嘴。”

这家伙真的会给我个痛快吗？还是趁我放松警惕时先毁了我的声带？声带被毁发不出声音，他就可以想怎么折磨都行了。那还不如大闹一场，激怒他，逼他给我一个痛快。

“终于到这一步了，我一直在思考该怎么干掉你，”杀人魔凑到近处，“首先……”

他的动作突然停止了。

“怎么了？”

“又有人来了。听好了，不许做多余的事，老老实实在椅子上坐着。别把伤了的腿露出来，坚持几分钟，流血也不要管它。”

门开了，来人是一位女性。

“哎呀，你们两个都在啊。”

她是谁？

杀人魔搭腔道：“是啊，北川老师。”

北川老师……那是谁啊，而且，她是教什么的老师？

杀人魔在二吉耳边低声说道：“听好了，要是你敢做多余的事，我就用残忍的手段杀了这个女人。听明白了吗？”

我和这位女性是朋友吗？我可不愿去想象她被残忍杀害的样子。

杀人魔主动和她攀谈。“接下来还有课吗？”

“没有了，今天的课都结束了。不过还有件事没做，做好我就打算回去了。”

“打扫吗？”

“不。”北川老师说着走进屋内，并与二吉对视了一眼，二吉想用眼神告诉她这里很危险。

快逃啊。

但北川老师只是报以微笑，继续朝电脑走去。

“要用电脑吗？”

“是啊。”北川老师启动电脑，“我想把这些都上传完。”

“是什么数据吗？”

“演讲的视频。我帮不知道怎么上传的学生传到服务器上。”

电脑启动了，北川老师开始咔嗒咔嗒地进行操作。

“是存在硬盘里的东西吗？”

“不是，是存储卡里的。”

听到这句话，二吉突然感到一阵忐忑，他不知道理由，大概是早已遗忘的记忆碎片在作祟吧。

显示器的光照在北川老师脸上。二吉和杀人魔所处的位置看不到屏幕，但从发出的光可以猜测出，那应该是一段光线充足的视频。看着她的样子，二吉不禁在心中想，要是能在死前和这个人成为朋友就好了。

北川老师突然皱起眉头。

“怎么了吗？”杀人魔见状询问。

“不，没什么，视频内容可能有点吵，我用耳机听。”北川老师说罢，取出耳机。

“我们不怕吵。”杀人魔说道。

“降低音量会听不清，还是用耳机比较好。”

“房间里有电脑，怎么没锁门啊？”

“离开房间的时候的确应该上锁，不过我这个人比较马虎，有时候我会到一层的咖啡厅写东西。”

“写什么？”

“演讲的稿子一类的……”老师的表情突然凝固，“不好意思，这个我必须编辑一下，能暂时保持安静吗？几分钟就好。”

“好的。”杀人魔答道。

二吉突然开口：“老师好像挺忙的，我们到外面去吧。”

“不，我还想和老师聊聊，等她一会儿吧。”杀人魔瞪了二吉一眼。

糟了，怎么才能救老师？

之后等了五六分钟，一直坐在椅子上的杀人魔已经快到忍耐极限了，他有些不耐烦地站起身，朝老师那边走去。

“哎呀，你肩膀上好像粘了东西。”

北川老师急忙闪开，并喊道：“别碰我。”

“我没有——”

北川老师突然打断他，叫道：“田村先生！”

“嗯？”

“你还记得我吗？”

“不记得了。”

“我是北川京子，是站在你这边的。”

“啊？”

“我不是你的敌人。”京子又指着杀人魔，道，“你知道这个人是谁吗？”

“我是染谷啊。”杀人魔想靠近京子。

京子出声喝止：“你别动！”

杀人魔呆立在原地。

京子再次询问二吉：“田村先生，这个人是谁？”

“他叫云英。”

“你知道他拥有特殊能力吗？”

“你是怎么知道的？！”杀人魔一脸惊愕，转而瞪着二吉，“你做了什么？”

二吉摇了摇头。

“田村先生比你想象中的还要精明得多，和他相比，我实在是太粗心了，居然对你提及了田村先生的病情。”

“到底是怎么回事？”杀人魔追问道。

“田村先生把视频数据带到了这里。”京子把存储卡拿出来，继续说道，“你为所欲为地操纵他人的情形被拍下来，保存在了这里面。”

“你是什么时候看到里面的内容的？”

“就在刚刚，就在这里，我应该在拿到的时候就打开看的。”

“存储卡刚才已经被我破坏了啊。”

“你破坏的肯定是另外一张。”

杀人魔瞪着二吉，吼道：“你为什么写下谎话？”

二吉摇摇头，嘟囔着：“我听不懂你在说什么。”

“田村先生应该没有说谎。”

“你在笔记本上写的是假话吧？”杀人魔继续追问。

“你看了田村先生的笔记？我想，田村先生肯定料到了你会看。”

原来是这样。患有顺行性遗忘症的我唯一可以依靠的就是笔记本，因此不可能在上面写假话。无论是谁都会这么认为，而我则反过来利用了这一点。

把存储卡交给老师后，为了不被杀人魔发现，我故意没把这件事写在笔记本上，之后也就彻底忘记了。再次醒来时，便深信带在身上的替代品就是那张存储卡，连自己都被骗了，杀人魔自然也会上当。正所谓“要想骗过敌人，就要先骗过自己人”，我连自己都骗了吗？我好厉害啊。

杀人魔愣了一会儿，突然哈哈大笑起来。

京子见状，问他：“笑什么？是你输了。”

“输是没输，只是多少有些吃惊。状况和刚刚几乎没什么差别。”

“没什么差别？”

“还在我的掌控之下。刚才，知道我秘密的人只有田村一个人，现在多了一个而已。”

“一个人和两个人，差别是很大的。”

“一般来说的确如此，但对我来说算不上什么差别。现在想来，没有发觉田村知道我的秘密的时候才是最危险的。眼下已经不是什么大问题了，因为这家伙的记忆都不需要我篡改，会自动消失，只要销毁笔记本就行了。”

“但我不同，我的记忆不会消失。”

杀人魔走到门口，说道：“但我会篡改。”

“没用的，我绝对不会忘。”

“也许你说得对，迄今为止，我还没有修改过知晓这个能力的人的记忆，或许真的会对这样的人无效。”

“你的能力是篡改记忆，对吧？”

“从视频里没看出来吗？”

“只看影像无法判断出具体是什么能力，我还以为是让他人服从。”

“区别不大，只要合理运用，也能够让他人服从。”

“我不会服从你的。”

“或许吧。”

“你完蛋了。”

“你凭什么这么说？”

“你的能力一旦公开，就不能像之前那样为所欲为了。你肯定已经犯下很多罪行了吧？”

“看来你是那种会举一反三的人，和这个田村是一个类型。”杀人魔渐渐缩短与京子之间的距离，手马上就能碰到她了。

“你是在夸奖我吗？谢谢。”京子后退，试图拉开距离。

“这种自作聪明的发言对我一点作用都没有，我绝不会让那些罪行被揭露。”

“有视频做证。”

“我可以说那是捏造的。”

“你当真？如果是捏造的，没有你的协助，也拍不了这段视频。”

“拍来玩的。”

“不管你怎么解释，一旦让人产生怀疑，就结束了，再也不会有人相信你了。”

“那也简单，我先杀了你，再把罪名都推到田村身上。这家伙应该会对此深信不疑。之后把存储卡处理掉，一切就都解决了。”

“我不会轻易被你杀掉的。”

“杀人，我是老手了。”

“我会大叫的。”

“谁来了都不怕，到时候还能让他们变成目击田村犯罪的证人。”

“你是不是觉得自己掌控着一切？”

“没错，我一直完美掌控着一切。”

“但是，这次你失败了。”话音未落，京子拔掉了电脑的电源。

“拔它做什么？”

“因为视频数据已经上传完毕了，我也不需要争取时间了。”

我屏住呼吸，尽量不发出任何声响地移到杀人魔背后，要是从后面勒住他，或许能制造出逃跑的机会。

“不，还是需要的，我也在等待这个瞬间。”说罢，杀人魔突然蹲下，并转过身来。

糟糕，被他发现了，我慌忙想要逃开。但他的动作很快，一拳打在了我的肚子上。

“刚刚不是说过了吗，我可是老手了。动手也是常有的事，对别人的杀气也很敏感。”杀人魔的语气很得意。

这一拳他应该用了全力，却并没有多大的冲击力。他的拳头不重，很轻。好，趁他放松警惕，发动反击。

二吉想朝着杀人魔的头挥下一拳，但用不上力气，整个人软绵绵地跪到了地上。

怎么回事？是被吓的吗？

就在此时，京子发出了悲鸣。

二吉想对京子说，我没事，只是用不上力而已，但他发不出声音。他用手支撑地板，想站起来，发现地板上湿乎乎的。

腿还在流血吗？我是因为贫血才没有力气的吗？

二吉低头想看腿上的伤口，却看到一把刀插在肚子上。

“啊呜。”二吉发出不成声的叫声。

杀人魔不是用拳头，而是用刀扎伤了他的腹部，所以才没有感觉到冲击力。

剧痛袭来。糟糕，我要死了。

杀人魔露出得意的笑容，伸手抓住刀柄。他打算把刀拔下来，这样会导致大量出血。二吉抓住他的手腕，不让他拔刀。

“妈的！浑蛋！放手！”杀人魔踢着二吉的脚。

但二吉紧紧抓着他的手腕，不肯放手。

老师，趁现在，快逃啊！

然而京子不但没逃，还举起一把椅子，砸到云英身上。

没用的，这家伙不是普通人，是怪物，杀人这种事，他信手拈来。

杀人魔先是一个转身，踢中京子的脚踝，令她失去平衡，趴到地板上。接着用力甩开二吉的手，坐到京子身上。“杀一个女人简单得很，根本用不上刀。”说完，他便勒住了京子的脖子。

“呜！”二吉拼命想要站起来，但全身无力，腹部还传来异乎寻常的疼痛。他只好晃动身体，往杀人魔身上撞，可对方毫不在意他的攻击。

京子最开始还能手脚并用地进行激烈的抵抗，可渐渐地，抵抗越来越弱。

该死！虽然什么都不记得了，但我应该已经和杀人魔交手了很长一段时间，而今天就是决战之日。可到了最后，还是把老师牵扯了进来。这样还有什么意义！老师的出现是一个转机，云英会就此身败名裂。可如果老师死了，这一切还有什么意义！我怎么样都无所谓，但无论如何，一定要救老师……

二吉抓着杀人魔的肩膀，撑起身子，但对方根本不予理睬，继续勒着京子的脖子。在杀人魔看来，二吉完全不构成威胁，等杀了京子之后再处理也不迟。虽然他的衣服上沾满了二吉的血，但还是可以用正当防卫来蒙骗他人吧。

京子的手脚停止了挣扎。

不行了！二吉使出全身的力气，却没能挪动分毫。

就在这个时候，一把椅子突然砸来，出手的人是之前被云英篡改了记忆后离开的男人。杀人魔捂着头倒下了，男人一声不响地盯着他。

杀人魔质问道："你怎么没回家？"

"没有。"

"记忆篡改失效了吗？"

"不，很有效果，你成功在我脑中植入了房间里一个人都没有的记忆。"

"那你怎么还会回来？"

"当然是因为我觉得那个记忆是假的啊。"

"你怎么知道的？"

"因为我知道你是超能力者，染谷。"

"他的真名叫云英。"京子气若游丝地说道。

"嗯，他使用的是化名，这件事我也早就想到了。"

"老头儿！你是怎么知道我的秘密的？那段视频才刚刚发出去啊！"

"哦？有视频了吗？这可是个好消息。"

"回答我的问题！"

"我没那个义务，不过还是告诉你吧，因为我看过这本笔记。”

“什么时候？”

“第一次应该是几周前，最近基本上每天都会看。”

京子发出疑问：“请问，您和田村先生是朋友吗？”

“嗯，是的，不过田村不认识我，我叫冈崎德三郎，叫我老德就行。”

从未听过的名字，二吉对这个人也没有印象，但他说的应该是真的。

杀人魔继续质问：“你们是一伙的吗？”

“这件事和北川老师无关，是我和田村策划的。”

“我要杀了你们！”

杀人魔以极快的速度朝老德冲了过去，却突然躺倒在地。原来老德适时伸出拳头，杀人魔的脸不偏不倚地撞了上去。

老德又给了他一脚，只见他疼得捂着脸，满地打滚。接着，老德从兜里取出手铐，将杀人魔的两只手背到身后，铐了起来。

见状，京子问道：“您是刑警吗？”

“不是，只是个闲人。”

“那为什么身上会有手铐？”

“因为我知道今天必须和这家伙做个了断。”老德取出手机，“先叫救护车，然后再报警？”说着，分别拨打了电话。

京子又询问：“警察来了该怎么说？”

“把刚才说的视频给他们看就行了吧？你看了都能明白，应该还算有说服力吧？”

“可是，只有那个的话，他们或许不会接受。”

“那就把刚才在这个房间里发生的事给他们看。”老德走到房间一角，捡起一个东西，是一台小型数码相机，“这是之前我来这个房间时设置好的，超广角镜头，应该都拍下来了。”

“这一切都在您的预料之中吗？”

“怎么可能！把你牵扯进来，田村被扎伤，都在预料之外。不过大致上都在按照我设想的情况发展。”

“这个计划是您想出来的，不是田村先生？”

“计划的梗概是我想出来的，不过田村也很努力，不停练习相机的使用方法，总算以程序性记忆的形式记住了。”

“计划什么的，看过笔记本就能知道吗？”

“笔记本上没写这些。”

“为什么？”

“万一被杀人魔看到，田村还有帮手这件事就会暴露。”

“原来是这样。可是，不写在笔记本上的话，田村先生自己也不会知道还有帮手吧？”

“对，这样最好，他不知道就代表绝对不会暴露。”

“您的意思是说，田村先生一开始就欺骗了自己？”

“是的，而且他自己完全没发觉。”

“感觉好混乱啊。”

“目睹了一场没有记忆的英雄与操纵记忆的怪人之间的对决，不混乱才怪呢。不过到今天就结束了。”

已经能听到救护车的声音了。

老德询问二吉：“这本笔记怎么办？”

“什么？我的脑子很乱，没法儿思考。”二吉渐渐冷静下来后也能说话了。

“你不是一直都很混乱吗？”

“虽然不记得什么了，但我觉得您说得对。”

“这次这件事，你打算怎么办？”

“只能交给警察处理了吧。”

“不是问你这个，是问你打算怎么体现在笔记本上。”

“听不懂。”

“有几种方法，一种是不对前面的内容做修改，结果就是你独自与怪人对峙，不知怎么就获得了胜利。”

“其他方法呢？”

“把与这件事有关的内容都删掉。”

“我为什么要这样做？”

“删掉之后你就可以过上平静的生活了。差点儿死在杀人魔手上这种可怕的记忆，你并不需要吧？”

“对我来说，那些不过是写在笔记本上的故事，是单纯的读物，我想我应该不会产生心理阴影。还有别的方法吗？”

“实事求是。”

“我觉得这样最好。但是，由谁来写呢？之前的事我都不记得了，当下的状况也马上就会忘记。最主要的是，我现在根本没力气写。”

“不介意的话，我来写怎么样？”老德自告奋勇。

“笔迹不一样，会很不自然吧？”

“放心吧，我练习过了，可以完美模仿你的笔迹。”

“什么？”二吉觉得很不舒服，“你为什么要模仿我的笔迹？”

“因为只要用你的笔迹写，你就会相信那是你自己产生的想法。”

二吉感到一阵恶心。

我究竟在和什么战斗？那真的是我自己的想法吗？

“也就是说，我一直被你操控着？”

“你这么说就不对了，我是为你考虑才这么做的。”

“你都写了些什么？”

“这次的计划几乎都是我写的，其中也有一部分是你的意见。拍下视频之后，就全都是你自己想出来的计划了。”

“我想出了什么计划？”

“拍下杀人魔动用超能力的视频后，你马上来到这里找到北川老师，将存储卡交给她，并说那里存有演讲视频。而且你很聪明，没把这件事写在笔记本上，然后把备用存储卡放到了相机中。”

京子提出疑问：“为什么要这么做？”

“大概是觉得那里是最安全的藏匿地点吧。只要田村坚信备用存储卡里存着视频，云英就也会相信。田村拼死保护，云英就会拼命抢夺。虽然从结果上来看，双方都是在做无谓的努力，但田村表现得越拼命，真正存有视频的那张卡就越安全。之后，田村知道云英秘密这件事被云英本人知晓，二人发生冲突，田村勉强逃进这个房间后，把备用存储卡藏在了抽屉里，并将此举动记录在了笔记本上。”

“记笔记的时候我知道那张是备用卡吗？”这次是二吉提出疑问。

“这个问题连你自己都不知道，我就更不知道了。但无论如何，真正的存储卡保住了，结果是好的。”

“我很自责。”京子说道，“要是田村先生把存储卡交给我时我能立即确认里面的内容，他或许就不会遇到危险了。”

“你对存储卡里的内容一无所知，这事不能怪你。”

京子继续说道：“当我回到这个房间时，看到田村先生和染谷先生，啊，不对，是云英，觉得气氛不太对劲。之后，我开始确认田村先生交给我的存储卡里的内容，但怎么看都不像是演讲视频。我觉得有些奇怪，就插上耳机又看了一遍。那段视频感觉是用隐藏摄像机拍下来的，视频里，云英对一个年轻人拳打脚踢，还对他进行语言控制。一开始我还以为是田村先生和染谷，不对，是云英，出于兴趣自制的电影呢。但考虑到田村先生的病情，做这种事的话，他很有可能会把电影当作现实，所以他肯定不会参与这么危险的事。于是我推测，这段视频恐怕是真实发生的事。而且就算是电影，我当真了，也不会造成什么实质性的伤害，顶多会被嘲笑。但如果把事实误解成电影，放跑这个怪物，包括我自己在内，就都会置身于危险之中。因此，我认定这段视频是真实发生过的事，并决定采取行动。”

“老师，你是个非常聪明的人。”老德似乎打从心底表示佩服，“而且当机立断，把视频上传到了服务器上。”

“其实没有……我是吓唬他的，确认视频内容已经耗尽了我的全部精力，没有余力上传了。”

“原来是这样啊，不过多亏你把他唬住，防止他将证据销毁。你做得很好。”

“妈的！”云英怒吼着，“给我记住，你这个臭娘们儿！我一定要报仇！”

老德再次踢向云英的脸，这次鼻血都喷出来了。“哎呀，抓这家伙时遭到抵抗，出于正当防卫我不小心踢了他的脸啊。老师，先把视频上传吧。”

“好的。”闻言，京子开始操作。

救护车的声音越来越近。

老德看向二吉，说道：“我很想陪你去医院，不过必须先把这个怪人交给警察，还要告诉他们如何避免被这个家伙控制。老师最好也留下，这种怪事，两个人解释都不一定能让警方相信。”

闻言，二吉道：“我没事，千万不能放了这个怪人。”

老德话锋一转：“我想过了，把这家伙交给警察和司法机关，会不会有点不放心？”

“那倒是，毕竟他拥有特殊能力，警察、律师，搞不好检察官、法官都会被他操控……”

“最好就是在这里把他干掉吧？”

“欸？”

“这也是为了他好，可以阻止他继续犯罪，也算是一种安乐死了。”

“可那样岂不是和他一样了。”

“是的，杀过人的人，会被内心的不安纠缠一辈子，度过痛苦的人生。但我们之中有一个人，不需要背负这种痛苦。”

“您的意思是，让我杀了他？”

“当他是自杀就行了。我们不会做证说是你杀的，而你很快就会忘记，不会受到良心的谴责，还能为社会除去一个毒瘤，谁都没有损失，多么完美的计划。”

二吉斩钉截铁地答道：“饶了我吧。”

“为什么？你又不会有什么心理负担，还能为人们做好事。”

“就算忘了，杀过人这个事实也不会改变。而且在记忆消失前，我必定会遭受心灵的折磨，即便只会存在几分钟。我不想这么做。”

“我认为，认识不到自己犯了罪或没有记忆，就等同于无罪。”

“我也反对。”京子支持二吉，“纵使记忆会消失，我也不希望田村先生变成杀人犯。”

“你们都反对吗？我还觉得这是个好主意呢。”

“你的话提醒我了。”云英突然开口，“只要认识不到或不记得，就等同于无罪，对吧？”

二吉惊讶地大叫：“你到底有没有在听我们要干什么啊？！”

“你说的话都没用，那个老爷子说的话感动了我。”

“我的话句句是真理。”老德很得意。

“说到最后，就是你们能否制裁一个认识不到、不记得自己犯下了罪行的人。”

“如果是在无意识的情况下犯罪，有可能被判无罪。但只是没有记忆的话，应该不会那么判吧。”

“那假设犯罪的是多重人格中的其中一个呢？其他人格会被判有罪吗？”

“大概会被认定为丧失心智一类的吧。”

“犯罪的时候不是多重人格，犯罪之后人格变了，新出现的人格是不是就会被判无罪？”

“你不需要考虑这些特殊状况吧？”

“特殊是特殊，但绝对值得考虑。你们听着，我现在要篡改自己的记忆。”说罢，云英闭上眼睛，“我没有修改记忆的特殊能力，我从未触犯过法律，我是个大好人。”说完，他垂下了头。

“真的假的？他是不是在演戏啊？他知道自己有篡改记忆的能力吧？刚才不是说，知道这个能力的人，记忆或许无法被篡改吗？”京子接连发问。

“的确，对田村无效，对我也无效。”

“那对这个人也……”

“那是因为我们不想被篡改，这家伙则是希望被篡改，这一点或许会大大影响结果。普通人也会遵照意愿篡改自己的记忆，但那算不上什么特别的能力。而这家伙不同，他很特殊，如果他的想法足够强烈，谁也不知道会发生什么。”

二吉也提出了疑问：“那能力会消失吗？”

“不清楚，有可能会消失，也有可能一切都是这家伙在演戏。”

“出什么事了？”云英突然抬起头问道，“我怎么被铐着？”

“因为你扎伤了那个人。”京子指着二吉。

“田村先生，这到底是怎么回事啊？！”

“她不是告诉你了吗，你扎伤了我。”

“怎么可能，我为什么要伤害你？”

“因为我们要公开一段视频，而你想反抗。”京子答道。

“不可能！我从来没做过亏心事！”

京子转头问另外两位：“可以把视频拿给他看吗？”

“先不了吧，以后再说。现在给他过重的精神负担，有可能导致他经受不住之后的审讯。假设他真的对自己的记忆进行了篡改，想必也是很勉强的一次尝试。矛盾点太多，他的精神很可能承受不了。他可能会为了保护自己，解除篡改。”老德拿起笔记本，“不用为这家伙担心了。问题是田村，他的过去要怎么办？”

二吉赶紧开口：“请什么都不要做。”

“那可不行，可以随意捏造他人的过去，这种机会可不多。”

“你这样，不就和云英一样了吗？”

“怎么会一样呢，我会好好编排，不会让任何人陷入不幸。”

“你的好意我心领了，但还是不用了。”

“无须担心，等你醒了就都忘了。”

医护人员的脚步声已经传到了众人耳中。

京子突然提出：“笔记可以由我来写吗？”

“当然，如果你模仿不来他的笔记，我可以代笔。”

“真的吗！”京子两眼放光。

二吉在此时失去了意识。

# 28

“哪位？”二吉接起门铃对讲机。

“冈崎德三郎，你就叫我老德吧。”

“请问，我们认识吗？”

“老相识了。你已经看过笔记了吗？”

“欸？啊，是的。”

“看到‘你正在与杀人魔战斗’那部分了吗？”

“是的。”

“那就好说了，我是你的帮手。”

啊，好险，好险。

“您有证据吗？”

“如果不是你的帮手，那你觉得我会是什么人？”

“或许就是杀人魔本人。”

“你不是有杀人魔的照片吗，我们长得像吗？”

“那你也有可能是杀人魔的帮手。”

“那可是个怪物，谁会愿意给那种家伙做帮手啊。”

“也许是被操纵了。”

“你的意思是说，杀人魔给我强行植入了欺骗你的计划？那么复杂的记忆篡改，会把精神搞崩溃的。”

“可是，如果我真的有帮手，笔记本上应该会写。”

“万一笔记本上的内容被杀人魔看到了怎么办？不让敌人知道自己有帮手，会对自己非常有利，不是吗？”

“话虽如此……”

“还是无法信任我？”

“老实说，是的。”

“你能够活到今天，很大原因是你足够小心谨慎。”老德点点头，“要是能证明我经常出入这栋房子呢？如果我真的有害你之心，早就下手了。”

“嗯，有道理，如果您曾进入过这栋房子，就能证明您与我并非敌对关系。”

“看，这是笔记本的复印件，是不进入房间绝对拿不到的东西。”老德取出一沓纸，贴近摄像头向二吉展示。

的确是笔记本的复印件，既然他能复印，自然也能从自己手上把笔记本抢走。可他并没有那么做，这样好像的确可以证明他是伙伴。

真的是这样吗？

复印件也有可能是这个自称老德的人通过某种手段得到的，譬如从真正的帮手那里抢来，或者是自己在某个便利店复印后忘记拿走了。

二吉继续思考。

不过，有帮手帮自己对付杀人魔的确是件好事，继续怀疑老德没有意义，这样下去，我一辈子都无法相信任何人了。只能赌一把了。

“好吧，我这就开门。”

老德带着得意的笑容走进房子，并立即落了锁。

还是不应该随便让别人进来……二吉有些不安，为让老德进来感到后悔。

“马上开始商量吧。”

“商量什么？”二吉有些糊涂。

“当然是商量怎么打倒杀人魔啊。我指的可不是使用暴力，是用计让对方身败名裂。”

“也就是说，杀人魔是真实存在的吗？”

“这让我如何回答？我也只能通过你了解怪人的本来面目啊。”

“您相信这个笔记本上写的东西吗？”

“这个笔记本就相当于你的生命线，你会故意在上面写下谎言吗？”

“为了欺骗自己？我也只能想到这一个原因。”

“所以我相信。而且我们还决定两个人一起思考与那家伙战斗的方法。”

“关于这件事，笔记本上并没有记载。”

“是我让你不要写上去的。你必须随身携带笔记本，因此，它被敌人发现的可能性很大。刚刚我也说过了，若是杀人魔发现笔记本，看了上面的内容，我这个帮手的存在就会被其知晓，风险太高了，所以我认为没必要写在笔记本上。”

“这点能理解，可是如此一来，岂不是每次你来都要从头解释一遍？”

“是有点麻烦，但也是无可奈何。如果笔记本上写的都是真的，那个怪人就是个非常危险的人物，必须做好万全的准备再与他交手，否则我们两个眨眼间就会被干掉。”

“没有把您的名字写进笔记本的理由我也理解了。不过我还是想问一下，您到底是什么人？”

“我就是个路过的好事者。”

“那您是怎么知道我的事的呢？”

“我女儿在面包房工作，她说有一位连着好几天都到店里买面包的客人看起来不太对劲，让我调查一下。”

“您是侦探吗？”

“不是，都告诉你了，我只是个路过的好事者。随便花点钱打听了一下，很快就找到你了。”

“很快吗？”

“几天吧，你很出名，超出你想象的有名。”

“是吗？这样都没被杀人魔发现，我的运气还真好。”

“运气好？怎么可能，是我在保护你。”

“是这样吗？我一直以为是凭自己的力量隐藏得很好呢，听您这么一说，感觉好失望啊……您刚才说的与杀人魔战斗的方法，是什么？”

“拿到铁证。杀人魔拥有篡改记忆的能力，证人的证词一点用都没有，但只要有物理证据，那家伙就无处遁形了。”

“物理证据具体是指什么？”

“那家伙犯罪时的视频。最好能拍下他使用能力的过程。”

“要是他发现正在被拍，就不会实施犯罪了吧？”

“当然，所以要使用隐藏相机。之前写在笔记本上了，让你买相机，应该已经买了吧？”

“不知道，我看看。”二吉在桌子上翻找，“啊，找到了，还有电脑。”

“我看看。”老德把相机拿在手上，“这是最容易上手的型号，你用给我看看。”

二吉接过相机，摆弄了一会儿，很快就放弃了。

“完全搞不懂。”

“那边不是有说明书吗？”

“太厚了，感觉看着看着就会忘记前面看了什么。”

“真正会用到的功能并不多，知道怎么录像、怎么播放、怎么充电就行了。我看看。”老德拿过说明书，啪啦啪啦地翻了翻，用红笔标了几处，“把我标的地方抄到笔记本上，一页应该就够了。”

二吉依言抄在了笔记本上。

“然后看着这个，试着拍摄，播放。”

二吉再次按照他所说的，拍摄，播放。

“看，你已经会用了。”

“可是马上就会忘记。”

“忘了就看看那页说明。而且只要每天练习，或许就能以程序性记忆的形式记住，手自己就知道怎么操作了。”

“但这又不是隐藏式相机，我学会了也没用吧。”

“那里不是有个包吗，拿过来让我看看。”

打开包，底部有个类似衣服口袋的小兜。

“打开录像模式，然后把相机放在里面就行了。”

“哦，这上面还有个小孔，只要把相机的镜头对准这里就行了，对吧？”

“没错，你自己做的那个洞形状太粗糙了，镜头会偏，我帮你重新修整了形状。”

“大概你说的是对的，因为我不擅长做这种事。”

“为了防止操作时发出声音，必须把扬声器关掉。”老德从兜里掏出小型工具，摆弄了一会儿，“这样就行了。”

"接下来就是在什么状况下拍摄的问题了。"

"你的笔记本上记录了一个叫古田的人。"

"那是谁？是杀人魔吗？"

"不是，那个男人不但险些死于杀人魔之手，还被污蔑杀人未遂。"

"他被捕了吗？"

"因为证据不足，被放了。"

"那个人怎么了？"

"把那个男人叫到杀人魔面前。"

"为什么要那么做？"

"杀人魔本想杀了古田，而且认为他已经死了，所以并没有篡改古田的记忆。你认为，杀人魔再次见到古田的时候，他会怎么做？"

"会再次企图杀了他，至少会篡改他的记忆。"

"没错，只要把当时的情况拍下来，就足以作为证据指控杀人魔了。"

"但是这样太危险了吧？搞不好古田先生真的会被杀。要是杀人魔发现我正在拍摄，也有可能对我下毒手。"

"是的，很危险，可再危险也比不上让他继续逍遥法外危险。"

"如果因为这件事害得古田先生陷入险境，该怎么办？"

"只能努力不让事态发展成那样。"

"我能做到吗？"

"你别无选择。只要顺利拍到视频，就相当于赢了。不冒险是不会成功的，正所谓'不入虎穴焉得虎子'。"

二吉犹豫了一会儿。"好吧，也只能这样了。我先把刚刚说的计划梗概写在笔记本上，具体的细节之后再慢慢研究吧。”说完，他取出圆珠笔。

“哦，不用写了。”

“欸？为什么？不写上会忘记的。”

“这次忘了也没关系。”

“什么意思？好不容易才想到怎么和杀人魔战斗的计划。”

“这次只是再现，不用那么麻烦。”

“再现？什么意思？”

“就是重现之前做过的事。”

“之前做过的事？我做了什么？”

“就是刚刚制订计划的过程。”

“欸？之前已经商量过了？”

“是的。”

“为什么要做这种毫无意义的事？”

“我想着会不会有不同的展开，出于兴趣就试了试。”

“请等一下，为了您的兴趣，我陪您演了这么一出闹剧？”

“无所谓吧，反正时间多得是。”

“杀人魔还逍遥法外呢啊，还这么悠闲？”

“杀人魔已经被捕了，都进入审讯阶段了。”

“欸？”

“我们拟订的计划成功了，视频被公开了。”老德取出手机，给二吉看了视频。

“可我刚才都用不好相机。”二吉提出反驳，“是不是我并没有通过程序性记忆记住啊？”

“要是你上来就能运用自如，逻辑上会出现矛盾，所以我换了一个新的。”

“逮捕他的时候顺利吗？”

“怎么可能顺利，你的腿和腹部都受了重伤。”

“欸？”

“你看看自己的肚子。”

二吉脱下衣服，肚子上还留有可怕的伤疤。

“做了五个小时的手术呢。”

二吉突然觉得很不舒服。“那个叫古田的人，后来怎么样了？”

“他被杀人魔植入企图杀害一名女性的记忆，差点就自杀了。是你救了他。”

“我救了他？我怎么救的？”

“很简单，你把这段视频拿给他看了，一开始他思维很混乱，但至少不再想着自杀了。”

“这段视频会作为证据提交给法院吗？”

“嗯，不过此次事件性质特殊，审理中所有的证词都无法采信，检察院只能拼命一样一样搜集物证。听说涉及的案件已经超过一百件了。”

“您的证词也不被信任吗？”

“是啊，我和北川京子的记忆并没有被篡改，应该是值得信任的。可难就难在，无法证明我们的记忆没被修改过。”

“北川京子是谁？”

“说话技巧教室的老师，笔记本上有。”

“我还没有掌握笔记本上所有的内容。”

“也是。”老德笑了笑，“不过已经无须担心了，杀人魔被捕了，而且今后我们会照顾你的。我是这栋公寓的管理人，这里离我家也近，很方便。”

安心和不安的情绪同时涌上二吉的心头。

# 29

田村二吉在一间陌生的房间中醒来，有些不知所措地四下张望了一番，房中没有其他人，只有自己。是喝断片儿了吗？他努力回忆着昨晚的事。

对了，朋友在闹市区被黑社会的人找麻烦，自己帮忙来着。那这里是医院？又不像，看起来就是一间普通的房间。那就是被某个熟人救了，然后安置在了这个房间？

此时他才注意到身上的衣服不是自己的，看起来像是睡衣。自己之前穿的衣服大概破了吧，或是沾上血或泥弄脏了。

床铺很干净，可怎么看都不像是医院的。

二吉站起身，摸摸头部和身体，检查有没有受伤。身上倒是没有感觉疼痛的地方。突然，他注意到枕边放着一个貌似用了很久的笔记本，封面上用油性笔写着一个大大的叹号和一个三位数字。

这是什么？是谁忘在这里的吗？还是给我看的？

二吉犹豫了一分钟要不要看里面的内容，结果还是决定看一下。目前，这个房间中唯一的线索就是这个笔记本了，而且既然放在枕边，大概就是为了让他看的。就算是他理解错了，在这种状况之下也不会遭到严厉的责备吧。

二吉翻开封面。

警告！

- 你只有几十分钟的记忆，只能想起事故发生之前的事。
- 病名为顺行性遗忘症。

原来是这样啊，这是我的字迹，看来我的记忆有障碍，平时都靠这个笔记本生活。莫非我每天早晨都是像这样确认自己状态的？这样生活多少天了？有可能已经过了好几年。

- 门口没有名牌，信箱上也没有名字。
- 原因和不在笔记本上写下名字一样。
- 想知道具体的原因就看第七页。

第七页写着什么？二吉用颤抖的手翻到第七页。

- 真相在第八页，非常刺激，深呼吸之后再看。

原来如此，肯定是很令人震惊的消息，但踌躇也无济于事，反正都要看。二吉下定决心翻开第八页。

- 现在，你正在与杀人魔战斗。

啊，这可不是什么好消息，但还不是最糟糕的，毕竟我还活着，证明还没输。

就在这时，二吉的手腕突然被人抓住了，吓得他还以为心脏停止跳动了。看来杀人魔就在这个房间里，怎么办？战斗？还是想办法逃跑？或者干脆放弃？总之，必须先摸清状况，之后再决定怎么做。

“哎呀，你还没把这部分内容删掉啊。”

眼前站着一个不认识的女人。

“请问，您是哪位？”二吉小心翼翼地询问。

“这个问题问得好，可以说是你的妻子吧。”

“我结婚了？”

“准确地说，是事实妻子。或者说是未婚妻更好听一些。”

“到底出什么事了？”

“你战胜杀人魔后，我们就一起生活了。”

“战胜了？我赢了吗？赢了杀人魔？”

“对，虽然案子还在审理中。”

“杀人魔杀了几个人？”

“不清楚，记得之前听说超过一百个人了呢。”

“我和那么可怕的人战斗了？”

“是呀，你真的很勇敢。”

“可我完全没感觉。”

“而且那个杀人魔还不普通呢。”

“毕竟他都杀了一百多个人了。”

“不是说他杀的人多，是他的能力，杀人魔有超能力。”

“你在逗我吧？”

“看了你拍的视频就知道我不是在捉弄你了。”

“视频？我拍下了凶手的视频吗？”

“是呀。”

“我还能从容地拍视频？”

“不算从容，不过当时除了拍下视频，就没有其他方法了。”

“你说的这些让我的脑子很乱，不过我想会慢慢搞明白的。”

“‘慢慢’的话，在全部搞明白之前，或许你就已经忘了。”

“那就必须尽快搞清楚所有情况了。”二吉显得有些着急。

对自身一无所知，只能靠这位自称“妻子”的陌生女性了。

“不用急，危机已经解除，也没必要去搞清楚什么了。把时间浪费在那些事情上毫无意义呀。”

“那我该怎么办呢？”

“做你喜欢的事就好，你解决了那么麻烦的事，你有这个权力。”

“可是，我一点成就感都没有。”

“就是这样的。好了，忘了杀人魔的事，把这件事从笔记本上删掉吧。”

“没必要吧？毕竟是实际发生过的事。”

“但留着也没意义呀，还是说，你打算每天都重复这样的对话？”

“不想。可又觉得完全当作没发生过很奇怪。”

“为什么？”

“嗯……”二吉思考了一会儿，“就是觉得不舒服，因为这么做，就相当于把这件事彻底从我的记忆中抹去了。明明真的发生过，对我来说却变成了没发生过的事，这会让我不舒服。”

“不用在意那些，因为你马上就会忘记现在这种不舒服的感觉。而且把关于杀人魔的记述全部删掉，今后就再也不用为这件事担心了呀。”

“可是，记忆是自己的，必须由我自己来管理，不是吗？”

“你不需要再这么辛苦了，我就是为此而存在的呀。”女人抱紧二吉。

二吉的内心感觉到了某种不安，却什么都没有做。

如果这个女人是在撒谎呢？但恐怕已经无法证实了，好吧，今后就依靠这个人活下去吧。暂且先这样吧。

“我会好好保护你的记忆，还会为你创造美好的记忆，创造配得上你的记忆。”女人露出黄色的牙齿笑了。

**图书在版编目（CIP）数据**

关于那个人的备忘录 /（日）小林泰三著；赵滢译． —— 北京：新星出版社，2021.3（2021.9 重印）

ISBN 978-7-5133-4302-2

Ⅰ．①关… Ⅱ．①小… ②赵… Ⅲ．①长篇小说－日本－现代 Ⅳ．① I313.45

中国版本图书馆 CIP 数据核字（2021）第 013449 号

**关于那个人的备忘录**

［日］小林泰三 著；赵滢 译

**责任编辑**：王 欢　　**特约编辑**：赵笑笑
**责任校对**：刘 义　　**责任印制**：李珊珊
**装帧设计**：人马艺术设计 · 储平

**出版发行**：新星出版社
**出 版 人**：马汝军
**社　　址**：北京市西城区车公庄大街丙3号楼　100044
**网　　址**：www.newstarpress.com
**电　　话**：010-88310888
**传　　真**：010-65270449
**法律顾问**：北京市岳成律师事务所

**读者服务**：010-88310811　service@newstarpress.com
**邮购地址**：北京市西城区车公庄大街丙 3 号楼　100044

**印　　刷**：北京天恒嘉业印刷有限公司
**开　　本**：910mm × 1230mm　1/32
**印　　张**：8.25
**字　　数**：112千字
**版　　次**：2021年3月第一版　2021年9月第三次印刷
**书　　号**：ISBN 978-7-5133-4302-2
**定　　价**：45.00元